LE JUGEMENT ÉQUITABLE DE CHARLES LE HARDY

Frontispice de l'édition originale.

André Mareschal

Le Jugement équitable de Charles le Hardy, dernier Duc de Bourgogne

édition établie, présentée et annotée par
Christine Griselhouber

Paris, Société des Textes Français Modernes 1995

Conformément aux statuts de la Société des Textes Français Modernes, ce volume a été soumis à l'approbation du Comité de lecture, qui a chargé M. Georges Forestier d'en surveiller la correction en collaboration avec Mlle Christine Griselhouber.

ISBN 0768-0821
ISBN 2-86503-240-X

INTRODUCTION

Par amour de la justice, le duc Charles de Bourgogne se résigne à faire exécuter la personne qu'il aime le plus au monde, son favori, qui s'est rendu coupable de viol et de meurtre. A la fin, le jeune homme se révèle être son propre fils, dont il ignorait l'existence. La nouvelle cependant n'ébranle pas la résolution du prince qui, malgré son chagrin, envoie à la mort ce fils tout juste retrouvé.

Tel est le sujet du *Jugement équitable de Charles le Hardy, dernier duc de Bourgoigne*, tragédie en cinq actes de André Mareschal, créée en 1644 par « L'Illustre Théâtre » de Molière. L'auteur, poète et romancier mais avant tout dramaturge, fut l'un des écrivains les plus en vue entre 1629 et 1646. Mais les histoires de la littérature ne mentionnent plus son nom que pour le rôle important qu'il a joué lors de la querelle de 1630, opposant les irréguliers, apôtres de la tragi-comédie, aux tenants des règles.

S'il se posait alors en partisan résolu de la liberté de création, il ne tarda pas à rallier le parti des réguliers : à partir de 1635, il ne donna plus — à une exception près — que des œuvres régulières. Il attendit cependant 1644 pour composer sa première tragédie, *Le Jugement équitable*, prenant acte avec brio du triomphe définitif du genre-roi sur celui de la tragi-comédie. Cette pièce se distingue par de grandes qualités esthétiques : une unité parfaite de l'action, un suspens constant, une remarquable concentration dramatique.

A une époque où les sujets romains étaient très en vogue, Mareschal choisit de bâtir son intrigue autour d'un personnage de l'histoire médiévale : Charles duc de Bourgogne, que nous connaissons aujourd'hui par son surnom de « Téméraire ». Ce farouche adversaire de Louis XI était renommé pour ses qualités de justicier. En lui inventant un enfant naturel, le dramaturge a transformé une banale affaire de justice en un jugement des plus tragiques, puisque le héros doit oublier qu'il est père pour faire triompher la justice.

Ce prince qui n'hésite pas à sacrifier un fils pour le bien de l'Etat est un exemple parfait de l'idéal monarchique du XVIIe siècle. Placé sous le regard de Dieu, il est à proprement parler l'exécutant des volontés célestes. Cette représentation du prince, fréquente dans la littérature de l'époque, Mareschal la met en œuvre à l'échelle du drame tout entier : le Ciel, loin d'être une entité abstraite et lointaine, intervient comme auxiliaire de Charles dans la recherche de la justice.

Le théâtre d'André Mareschal

La vie d'André Mareschal nous est à peu près inconnue[1]. On ignore jusqu'à ses dates d'existence. On peut supposer qu'il naquit au tout début du XVIIe siècle puisque l'imprimeur de sa première œuvre, *Les Feux de Ioye* (1625), affirme que l'auteur est en « ses jeunes ans ». Ses origines lorraines apparaissent dans ce même recueil, sur la feuille de titre qui porte écrit : « André Mareschal lorrain », ainsi que dans une pièce liminaire où un ami l'appelle « ce parfait miracle lorrain ». Son prénom même a suscité des

1. L'essentiel des connaissances biographiques actuelles se trouve dans le livre de L.C. Durel, *L'Œuvre d'André Mareschal* (Belles Lettres, 1932), qui contient — il faut le signaler — beaucoup d'erreurs sur la littérature de ce siècle.

interrogations, mais il est maintenant établi que le poète se prénommait André — et non Antoine, comme on l'a cru — et qu'André et Antoine ne furent qu'une seule et même personne.

De formation juridique, comme nombre d'écrivains à l'époque, Mareschal était avocat au Parlement de Paris. Il occupa en outre un emploi de bibliothécaire au service de Gaston d'Orléans. Par l'octroi d'une faveur exceptionnelle, Richelieu l'obligea en 1632 à quitter ce protecteur hostile à la cause royale[2].

En tant qu'avocat consultant, il rédigea le 30 juin 1643 le contrat de fondation de « L'Illustre-Théâtre ». Vraisemblablement, au cours de la saison suivante, la troupe de Molière et de Madeleine Béjart représenta *Le Jugement équitable*. Après leur échec à Paris et leur fusion avec la compagnie entretenue à Bordeaux par le duc d'Epernon, ces jeunes comédiens joueront la dernière tragédie du poète, *Papyre ou le Dictateur romain.*

On ne connaît pas la date de sa mort. Il n'a plus rien publié après *Le Dictateur romain* (1646). Durel suppose que son décès est postérieur à 1648, car les éditions de cette tragédie datant de 1646, 1647 et 1648 ne portent pas d'indication à ce sujet ; or les éditeurs avaient l'habitude de signaler le décès des auteurs dont ils publiaient les œuvres.

Sa première œuvre est un poème de 90 strophes de 10 vers, *Les Feux de Ioye de la France sur L'Heureuse Alliance d'Angleterre*[3], où il se fait l'écho d'un Paris en liesse à l'occasion du mariage d'Henriette de France avec le prince de Galles, futur Charles Ier. En 1626, il contribue

---

2. Une lettre de Richelieu, datée du 31 décembre 1632, exempte Mareschal du bannissement imposé aux officiers de Monsieur.

3. Publication : Paris, Bertrand Martin, 1625.

par dix-sept pièces[4] — dont cinq prises aux *Feux de Ioye* — à un recueil assemblant les « Plus Beaux Vers » de Malherbe et de « ceux qu'il advouë pour ses escoliers »[5], Racan, Mainard, Boisrobert, l'Estoille, etc. Il se retire bientôt de ce cercle malherbien. En 1630, il publie ses *Autres Œuvres poétiques*[6], un recueil de six mille vers composé de huit genres de poésie différents : épigrammes, stances, odes, sonnets, élégies, tombeaux, chansons, récits. *Le Portrait de la Jeune Alcidiane*[7] est sa dernière œuvre poétique.

En 1627, il publie *La Chrysolite*[8], un roman aux antipodes de la littérature romanesque traditionnelle que Mareschal trouve remplie de « piperies, de mensonges et d'impossibilitez ». *La Chrysolite* se veut au contraire une œuvre réaliste, racontant les amours de deux jeunes gens de la bourgeoisie parisienne. « Je n'ay rien mis qu'un homme ne peust faire, je me suis tenu dans les termes d'une vie privée », écrit l'auteur dans la préface. D'après Antoine Adam[9], *La Chrysolite* a le mérite d'être la « première œuvre romanesque qui s'attachât à l'étude fouillée de deux caractères ».

C'est au théâtre que Mareschal exerce son talent avec le plus de bonheur. Il produit en tout neuf pièces : quatre tragicomédies, une pastorale, deux comédies et deux tragédies.

---

4. Cette participation de 17 pièces serait la preuve de son importance dans le champ littéraire de l'époque. Mais, d'après Durel (*op. cit.*, p. 14), c'est la protection des Chevreuse qui lui aurait permis d'obtenir une place dans ce recueil.

5. Publication : Paris, Toussainct du Bray, 1627.

6. La pagination fait suite à celle de la seconde journée de *La Généreuse Allemande*, publiée à Paris chez Pierre Rocolet en 1630.

7. Publication à Paris en 1641, chez la veuve Jean Camusat.

8. Publication à Paris chez Toussainct du Bray en 1634.

9. *Histoire de la littérature française au XVIIe siècle*, Domat, 1948-1956, (5 vol.), t. 1, p. 158.

Il fait paraître sa première pièce en 1630, la dernière est publiée en 1646. Ces quinze années correspondent très précisément à un moment-charnière de l'histoire du théâtre au XVIIe siècle : celui où l'on voit se succéder le plein succès de la tragi-comédie et le triomphe final de la tragédie ; une période exceptionnelle par le nombre et la qualité des œuvres produites, et par la richesse du débat théorique qui se développe parallèlement ; une époque enfin qui est celle de la naissance d'un théâtre moderne rompant définitivement avec la tradition renaissante.

Commençant sa carrière dramatique à la fin des années 1620, Mareschal appartient à cette génération de jeunes auteurs qui donnent leur première pièce entre 1625 et 1630. Corneille, Rotrou, Mairet, Scudéry sont de ceux-là. D'autres noms moins connus s'ajoutent à la liste : Auvray, Baro, Du Ryer, Pichou, Rampale, Rayssiguier. Tous ont en commun la volonté de promouvoir une esthétique moderne, répondant à la sensibilité de leurs contemporains. Ce qui suppose une rupture complète avec le plus important dramaturge du premier quart du XVIIe siècle, Alexandre Hardy, disciple de Ronsard et de Garnier, et dont l'esthétique et le style appartiennent au siècle précédent. Les jeunes prennent pour modèle la tragédie de Théophile[10], et ils ont entériné la réforme malherbienne que Hardy, pour sa part, n'a cessé de combattre.

Mareschal fait partie d'un cercle d'auteurs groupés autour de Pierre Du Ryer, qui s'attachent à défendre avec enthousiasme la tragi-comédie, considérée par eux comme le genre moderne par excellence. Ne relevant pas d'une origine antique, elle n'est tenue à aucune contrainte formelle. L'auteur dispose d'une entière liberté de création et d'invention. La seule règle est de plaire : la visée morale n'entre pas en ligne de compte. C'est, d'après les *modernes*,

10. *Pyrame et Thisbé* de Théophile de Viau paraît en 1623. C'est la première tragédie moderne du XVIIe siècle.

le plus complet de tous les genres, puisqu'il mêle les événements et les styles de nature tragique et comique, pour le plus grand plaisir des spectateurs. Conçue pour divertir le public, l'intrigue tragi-comique se présente comme une suite d'aventures romanesques nombreuses et variées, interrompues par des coups de théâtre et des rebondissements, et dont le dénouement est toujours heureux. Elle offre du spectacle et des émotions fortes : batailles, duels, exécutions,... Rien ne l'oblige à se limiter ni dans le temps, ni dans les lieux, ni dans les actions[11].

Comme de juste la première pièce de Mareschal est une tragi-comédie, en deux journées : l'auteur tient à montrer qu'il n'a imposé aucune borne à son inspiration. Intitulée *La Généreuse Allemande, ou Le Triomphe d'Amour*[12], elle est précédée, lors de sa publication, d'une préface retentissante qui réaffirme vigoureusement les principes irréguliers énoncés deux ans plus tôt par Ogier dans la préface de *Tyr et Sidon* de Jean de Schélandre : liberté de création, mélange des styles, indépendance à l'égard des Anciens, priorité de la notion de plaisir au théâtre tant par rapport aux exigences de régularité que relativement à la notion de profit moral. La tragi-comédie est un genre moderne fait pour des Français modernes ; qu'importe s'il ne se conforme pas à ces règles strictes dictées, selon Mareschal par des Anciens à la vieillesse « capricieuse » : l'allusion à Hardy est évidente, alors même que l'ensemble de la préface cherche à réfuter les principes réguliers énoncés au même moment par un *Moderne*, Jean Chapelain[13].

---

11. Sur la tragi-comédie, voir l'ouvrage de Roger Guichemerre, *La Tragi-comédie*, P.U.F., 1981.

12. Publication : Paris, Pierre Rocolet, 1630.

13. Voir Catherine Maubon, « Pour une poétique de la tragi-comédie : la *préface* de *La Généreuse Allemande* », *Rivista di Letterature Moderne e Comparate*, décembre 1973, p. 245-258,

La Généreuse Allemande se veut l'exemple pratique des revendications irrégulières. Elle développe longuement l'histoire de la reconquête par Camille de son amant, l'inconstant Aristandre. Travestie en garçon, Camille parvient tout à la fois à délivrer Aristandre emprisonné et à le ramener à ses devoirs de fidélité. La pièce met en scène dix-neuf personnages, ainsi qu'une foule de soldats, de citoyens et de gardes, et présente *de visu* plusieurs duels, des assassinats et même l'assaut d'une ville.

Dans cette pièce, comme dans *La Sœur Valeureuse, ou l'Aveugle Amante*, représentée peu après[14], le déploiement d'une thématique baroque de l'incertitude et de la précarité de l'existence a des conséquences directes sur la dramaturgie[15]. La destinée, cette « fée capricieuse » dont parle Jean Rousset[16], joue avec la vie des personnages « [les] jetant de péripétie en péripétie comme une balle dont elle s'amuse ». L'action semble obéir à sa fantaisie. L'imprévu règne en maître sur la succession des événements. Les événements s'enchaînent sans paraître suivre un plan défini à l'avance ; et le dénouement arrive lorsque le dramaturge — ou la destinée — décide de mettre un terme aux errances des personnages.

En 1630, Mareschal fait représenter une pastorale, elle aussi tributaire de la vision du monde baroque. Elle est centrée sur le personnage emblématique d'Hylas — le berger aux conquêtes innombrables du roman d'Honoré d'Urfé —

(suite n. 13) ainsi que Georges Forestier, « De la modernité anticlassique au classicisme moderne. Le modèle théâtral (1628-1634) », *Littératures classiques*, 19, 1993, p. 87-128.

14. Publication : Paris, Antoine de Sommaville, 1634.

15. Catherine Maubon, « Liberté et servitude tragi-comiques dans le théâtre d'André Mareschal », *Saggi e Ricerche di Letteratura Francese*, vol. XIII, 1974, p. 29-51.

16. *La Littérature de l'âge baroque en France*, J. Corti, 1963, p. 59.

qui fait du « change » un principe de vie. Le dramaturge rassemble et relie entre eux les épisodes consacrés à Hylas dans les cinq volumes du roman, pour constituer, d'après Lancaster[17], « la première comédie de caractère sur la scène française ». De nombreuses pièces à l'époque s'inspirent de *L'Astrée* ; celle de Mareschal est la seule à mettre Hylas au centre de l'action. Publiée en 1635, *L'Inconstance d'Hylas* demeure cinq ans sur le théâtre, ce qui est un signe de succès certain. Elle est par ailleurs citée par Poisson, dans son *Baron de La Crasse* (1662), aux côtés des meilleures pièces du siècle.

Lors du carnaval de 1635, le poète donne sa première pièce régulière, une comédie d'intrigue à l'italienne — *Le Railleur, ou la Satyre du temps*[18] — qui ne se fonde pas, comme les comédies d'alors, sur un schéma de pastorale. Par le biais de l'intrigue, Mareschal se livre à une condamnation en règle des mœurs de la cour, qui semble d'ailleurs avoir scandalisé la reine et son entourage lorsqu'elle fut jouée au Louvre. C'est peut-être l'une des raisons pour lesquelles cette comédie plut particulièrement au cardinal de Richelieu qui la fit représenter en son hôtel et en accepta la dédicace.

C'est en 1636 que pour la première fois Mareschal s'essaie à la tragi-comédie régulière. *Le Mauzolée* — que pour une raison inconnue il ne fera pas représenter avant 1640 — repose sur l'un des thèmes les plus en faveur de la tragi-comédie, celui de l'amante ennemie. Grâce à la concentration de l'action permise par l'obéissance aux unités, cette pièce préfigure l'esthétique de la tragédie

17. *A History of French Dramatic Literature in the XVIIth century*, P.U.F., 1929-1945, part I, p. 32.

18. Paris, T. Quinet, 1637. Il existe une édition moderne de ce texte par Giovanni Dotoli : *Le Railleur, ou la Satire du temps*, comédie, texte établi, annoté et présenté par G. Dotoli, Bologna, Patron, 1973.

romanesque, qui fleurira après la Fronde. D'ailleurs *Timocrate* de Thomas Corneille qui n'avoue pour source que le roman de La Calprenède, *Cléopâtre*, résulte en fait d'une combinaison entre l'intrigue du roman et celle du *Mauzolée*.

Le dramaturge, qui avait travaillé sur un personnage de capitan dans son *Railleur* en 1635, réitère l'expérience trois ans plus tard en adaptant le *Miles gloriosus* de Plaute, sous le titre : *Le Véritable*[19] *Capitan Matamore ou le Fanfaron*[20]. Contrairement à son concurrent anonyme qui a suivi Plaute « servilement et par des chaines qui montrent encore la roüille du vieux temps », Mareschal se félicite d'avoir réalisé un travail d'adaptation sur le texte antique. En transportant la scène d'Ephèse à Paris, il l'a mise au goût du jour et il a tenu compte des bienséances dans les actions et dans le langage. L'avertissement souligne également le fait que les règles ont été scrupuleusement respectées. La pièce a été spécialement écrite à l'intention de l'acteur Bellemore qui interprète les fanfarons au Théâtre du Marais[21]. Ce type de comique remporte à l'époque un énorme succès, et Mareschal a pu s'inspirer de

---

19. C'était l'usage à l'époque d'inclure au titre cette épithète, lorsqu'il arrivait qu'une pièce concurrente traitât le même sujet. Dans l'avertissement, Mareschal prévient le lecteur qu'un anonyme a publié un an avant lui un *Capitan Matamore* imité de Plaute : « Je pense qu'il a ses raisons, où je ne prétends point d'entrer, non plus que dans ces vains soupçons qu'il ait voulu se servir d'un peu de bruit et de réputation, que mon Capitan a acquis sur le Théâtre ; ou essayer de faire passer l'un pour l'autre en supprimant son nom,... ». Il ajoute qu'il « [met] en œuvre cette distinction de Libraire (...) pour faire difference des pieces representées d'avec celles qu'on appelle contrefaites, et qui n'ont jamais connu le Theatre ny l'éclat des flambeaux en plein jour ».

20. Paris, T. Quinet, 1640.

21. « J'ay tâché de peindre au naturel ce vivant MATAMORE du Theatre du Maraiz, cet Original sans copie, et ce Personnage admirable qui ravit également et les Grands et le Peuple, les doctes et les ignorans. » (*Avertissement*).

deux excellentes pièces qui ont précédé la sienne : *L'Illusion comique*[22] de Corneille et *Les Visionnaires*[23] de Desmarets.

Par un inexplicable retour à l'esthétique irrégulière, Mareschal donne en 1639 *La Cour bergère*[24], pièce inspirée du roman élisabéthain de Philip Sidney, *L'Arcadie de la comtesse de Pembroke*, et d'ailleurs dédiée à Robert Sidney, ambassadeur d'Angleterre, neveu de Philip.

C'est une tragi-comédie dont l'action se déroule dans un cadre de pastorale. A la fin des années 1630, le public se lassait du romanesque pastoral. A force de puiser dans le fonds italien — et principalement dans *L'Aminta* du Tasse, *Le Pastor fido* de Guarini et *La Filli di Sciro* de Bonarelli — des images et des thèmes de plus en plus usés, les auteurs ont tari l'inspiration de ce type de pièces. En adaptant un roman anglais, Mareschal a fait choix d'une source inhabituelle afin d'opérer un renouvellement. Les mièvreries coutumières de la pastorale font place à une action dynamique, pleine de surprises, où s'instaure le mélange des genres : le rire, l'émotion et l'angoisse se succèdent. Le dramaturge réalise, avec cette pièce, une synthèse de deux genres : « Pastorale par son thème de base, [*La Cour Bergère*] s'affirme comme tragi-comédie par l'apport d'éléments romanesques sombres qui font un instant oublier l'Arcadie. »[25]

22. Représentée en 1636, publiée en 1639. La description de l'arsenal du Capitan, en tous cas, est directement transposée de la fameuse énumération de tous les constituants architecturaux d'une maison, à laquelle se livrait le Matamore de Corneille (*L'Illusion comique*, vers 747 à 756).

23. Représentée en 1637, publiée la même année.

24. Paris, T. Quinet, 1640. Lucette Desvignes a réalisé une édition critique de ce texte : *La Cour bergère, ou l'Arcadie de Messire Philippes Sidney*, tragi-comédie d'André Mareschal. Etude critique. Publications de l'Institut d'Etude de la Renaissance et de l'Age classique de l'Université de Saint-Etienne, 1981.

25. Lucette Desvignes, *idem*, p. 81.

Après *Le Jugement équitable*, tragédie régulière au sujet moderne, le poète produit une seconde tragédie, qui sera sa dernière pièce, *Papyre ou le Dictateur romain*[26]. Il n'a pu qu'être influencé par le succès des pièces à sujet antique, et notamment par la trilogie romaine de Corneille, *Horace* (1640), *Cinna* (1642) et *La Mort de Pompée* (1643). On retrouve dans cette pièce un peu de l'atmosphère de la Rome cornélienne. Son sujet est tiré de l'*Histoire de Rome* de Tite-Live[27], mais en racontant l'histoire d'un dictateur romain contraint par son légalisme à condamner le héros qui a remporté une victoire contre les Samnites en désobéissant aux ordres de son chef[28], Mareschal cherchait surtout à construire une intrigue fondée sur les mêmes enjeux et les mêmes effets dramatiques que celle du *Jugement équitable*.

Ainsi l'œuvre dramatique de Mareschal, bien que peu abondante, se caractérise-t-elle par sa variété : il s'est essayé à tous les genres, avec souvent une volonté d'innovation et d'expérimentation. Le désir de plaire fut une préoccupation constante : c'est pour cette raison qu'il revendiqua une totale liberté de création. C'est aussi en fonction de ce souci qu'évolua sa manière d'écrire : se mettant à l'écoute des goûts du public, il abandonna assez vite l'irrégularité complète pour prendre en compte les acquis de la formule dramatique régulière. Sa préférence allait visiblement vers les pièces légères, divertissantes ou comiques : il ne vint à la tragédie que lorsque la caution du public en eût définitivement assuré le triomphe.

---

26. Paris, T. Quinet, 1646. Elle fut représentée l'année précédente par la compagnie de Molière, laquelle s'est placée, après son échec à Paris, sous la protection du gouverneur de Guyenne, à qui la pièce est dédiée.

27. Lib. VIII, 29-36.

28. Respectueux des lois, Papyre reste inébranlable, jusqu'à ce que le tribun du peuple intervienne au nom de Rome pour demander la clémence. Le drame s'achève par le mariage de Fabie avec la fille du dictateur.

LE JUGEMENT ÉQUITABLE DE CHARLES LE HARDY

I] **Résumé de l'argument :**

Acte I : Rodolfe, favori du duc Charles de Bourgogne et gouverneur de Mâstric, procède à l'arrestation d'Albert, qu'il accuse d'intelligence avec l'ennemi. Il demande à Matilde — venue implorer la libération de son mari — d'offrir ses faveurs en échange de la grâce du prisonnier. Comme preuve de la trahison, Rodolfe exhibe une fausse lettre adressée à Louis XI et signée de la main d'Albert, dans laquelle celui-ci inviterait le roi de France à s'emparer de Mâstric. Matilde refusant de se soumettre, Rodolfe l'amène dans une chambre et tente de la violer. L'arrivée inopinée de Frédégonde, la propre mère du favori, sauve l'honneur de la jeune femme. Mais seul Rodolfe connaît ce détail des faits : Matilde qui s'était évanouie, se croit deshonorée, et Frédégonde le croit avec elle. Rodolfe se garde bien de les détromper, comptant épouser Matilde sur cette croyance erronée. On annonce le retour imminent de Charles, ce qui bouleverse les plans de Rodolfe : si l'on a fait porter au prince la lettre qui accuse Albert, c'est précisément dans le but de le retenir auprès du roi de France au camp de Liège. Les hurlements que fait entendre Matilde à travers toute la ville risquent en outre d'éveiller ses soupçons. Frédéric, cousin et fidèle bras droit de Rodolfe, suggère d'exécuter Albert : on expliquera, dit-il, les cris de l'une par la mort de l'autre, et Rodolfe accusera le couple d'avoir entrepris de susciter la révolte de Mâstric en obtenant la complicité de Louis XI. Rodolfe charge Frédéric de faire mourir Albert, cependant que lui-même se rend à l'extérieur de la ville pour accueillir le prince.

Acte II : Rutile, autrefois cavalier d'Albert, a utilisé, pour produire la fausse dépêche, un blanc-seing qu'il avait conservé de son ancien maître. Redoutant une prochaine confrontation, il éprouve soudain des remords de son acte. Frédéric pense le rassurer en l'informant de l'exécution d'Albert. Rutile s'en désole. Tous deux quittent la scène à l'arrivée du prince. Charles s'engage à rendre justice à Matilde. Rodolfe se défend, comme le lui avait conseillé Frédéric, en attaquant Albert et Matilde. Celle-ci s'évanouit à l'annonce de la mort de son époux. Ferdinand, ami d'Albert et amoureux de Matilde, poursuit l'accusation à sa place. Rodolfe se confond lui-même par ses propres mensonges. Il est arrêté. Charles découvre avec douleur la bassesse de son favori.

Acte III : Charles entend successivement Frédégonde et Matilde. La première implore la grâce de Rodolfe, la seconde réclame sa condamnation à mort. Il promet que chacune sera satisfaite, ce qui paraît impossible. Après avoir affirmé qu'il se réglerait sur les volontés du Ciel, il commande à Matilde d'épouser Rodolfe en réparation de son préjudice d'honneur, et ordonne la libération du favori. Ce jugement qui contente Frédégonde, provoque l'indignation de Matilde et de Ferdinand, lequel tente, mais en vain, de le faire révoquer. Frédégonde, accompagnée du capitaine des gardes, Léopolde, fait sortir Rodolfe de prison pour l'amener à la cérémonie. Le jeune homme se réjouit avec sa mère de la bonne fortune qui lui donne Matilde en punition de ses crimes. Il est question de faire représenter une tragédie par des personnes de la cour ; Léopolde informe Rodolfe qu'il y jouera la scène principale avec un personnage dont on tait le nom.

Acte IV : Rutile vient de succomber dans les tourments du remords. Frédéric est arrêté. Ferdinand, ulcéré par l'injustice flagrante que représente à ses yeux le mariage de Rodolfe et de Matilde, décide d'assassiner le favori ***au milieu des plaisirs***. Survient alors Dionée, la demoiselle de Matilde, qui a assisté avec elle au spectacle donné à l'occasion des noces. En fait de tragédie, le public a vu le rideau se lever sur une véritable scène d'exécution, le condamné étant Rodolfe lui-même, et le mystérieux personnage le bourreau. Mais le prince a quitté le théâtre sans avoir fait le signe fatal. Dionée réclame le secours de Ferdinand : il lui faut obtenir auprès de Charles la grâce du nouvel époux de Matilde. Fidèle et généreux, il consent à sacrifier son amour. En retrouvant sa maîtresse, Dionée s'aperçoit de l'erreur qu'elle a commise : il fallait demander l'intercession de Ferdinand, non pour sauver Rodolfe, mais au contraire pour appuyer la condamnation. Pour l'heure, Charles s'est retiré dans ses appartements avec Frédégonde, qui a d'importants secrets à lui révéler.

Acte V : Charles apprend qu'il est le père de Rodolfe. Malgré sa douleur et les suppliques de Frédégonde et de Ferdinand, il confirme la sentence et commande à Léopolde de faire mourir immédiatement Rodolfe et Frédéric. Matilde se déclare en accord avec la décision du prince, dissipant ainsi le malentendu créé par Dionée auprès de Ferdinand. Charles explique la signification de son jugement : Rodolfe devait épouser Matilde afin de réparer son honneur, mais cet arrêt ne prend tout son sens que si le coupable est exécuté. Léopolde raconte la mort courageuse des deux condamnés. Rodolfe ne s'est pas montré surpris de sa véritable identité. Il a levé le mensonge qui pesait sur l'honneur de Matilde. Celle-ci se dit satisfaite du jugement. Elle accepte la demande en mariage de Ferdinand. Charles, demeuré seul, exprime sa douleur d'avoir dû « sacrifier un Fils », mais ne se repent pas de l'avoir fait.

II] Les sources

Mareschal s'est fondé sur deux récits d'historiens pour composer l'intrigue du *Jugement équitable*. L'un est tiré de la *Chronique des ducs de Bourgogne* rédigée du vivant de Charles par Georges Chastellain. L'autre est une anecdote relevée dans l'*Histoire de Louis XI* par Pierre Matthieu, publiée à Paris en 1610. C'est par celui-ci que nous débuterons, H.C. Lancaster l'ayant formellement identifié comme source de la pièce[29].

Le récit de Pierre Matthieu

1) Généalogie de ce texte

Le travail de Lancaster sur les sources du *Jugement équitable* tend à prouver que le récit de Pierre Matthieu est en fait un assemblage de textes d'origines diverses.

A l'origine, on trouve un schéma narratif très répandu dans les recueils d'histoires tragiques en vogue aux XVIe et XVIIe siècles[30]. Une femme, dont le mari est emprisonné, est sommée par un intendant — ou un officier, ou encore un gouverneur — de faire don de ses faveurs en échange de la libération du prisonnier. Après avoir violé la femme, l'intendant exécute le mari. La veuve s'en rapporte au seigneur du lieu qui ordonne son mariage avec le criminel, puis la mort de ce dernier. Il existe de nombreuses variantes à partir de ce canevas. Parfois les changements tiennent simplement à l'identité du prince-justicier ou à la date de l'événement[31].

---

29. Dans un article qui contient en outre quelques éléments d'analyse dramaturgique. Il est publié dans *Mélanges Elliott* (ou *Studies in honor of A. Marshall Elliott*) Baltimore, The John Hopkins Press, 1911, p. 159-174.

30. Dans son article (*idem*), Lancaster fait l'inventaire de tous les textes — récits historiques, histoires tragiques, etc — où figure une narration comparable à celle qui nous intéresse.

31. Cette histoire est devenue la source de Shakespeare pour sa tragédie, *Measure for Measure*. Michel Grivelet qui en a produit l'édition critique constate que ce sujet, loin d'être exceptionnel, est au contraire « une donnée de tradition très en faveur à l'époque » : « cette histoire est de celles qui, à la Renaissance, exercèrent une séduction particulière sur les esprits ». Les violences sexuelles et meurtrières présentes dans ces récits plaisaient au public du XVIe siècle. Michel Grivelet, Introduction à *Measure for Measure* de Shakespeare, « Collection des classiques étrangers », Aubier, 1957.

D'après Lancaster, la version qui nous intéresse situe l'événement dans le Nord de l'Italie au milieu du XVIe siècle. Le justicier est le maréchal de Brissac, qui gouverna le Piémont pour Henri II. On ignore la source de cette histoire italienne. Belleforest l'a incluse dans le *Sixième tome des Histoires tragiques*[32], publié à Paris en 1582 ; et surtout elle a inspiré à Claude Rouillet une tragédie latine, *Philanira*, publiée en 1556, récrite par l'auteur, en français, vingt-et-un ans plus tard, sous le titre de *Philanire, femme d'Hypolite*. L'argument est le suivant : « Quelques années sont passées, depuis qu'une Dame de Piemont impetra du Prevost du lieu, que son mary lors prisonnier pour quelque concussion, et desja prest à recevoir jugement de mort, luy seroit rendu, moyennant une nuit qu'elle lui presteroit. Ce fait, son mary le jour suivant lui est rendu, mais ja exécuté de mort. Elle esplorée de l'une et l'autre injure, a son recours au Gouverneur, qui pour luy garantir son honneur, contraint ledit Prevost à l'espouser, puis le fait decapiter : et la Dame ce pendant demeure despourveue de ses deux marys ».

Par la suite, Charles de Bourgogne aurait été substitué à Brissac comme héros de l'histoire : deux historiens des Pays-Bas, ayant écrit peu après sa mort, ont rapporté sur le duc des anecdotes offrant quelques ressemblances avec cette version italienne. Renier Snoy[33] (ou Snoius), pour sa part, établit qu'en 1469, en Zélande, Charles reçut la plainte d'une femme dont la sœur avait été violée par un « consul praedives ». Il ordonna le mariage du coupable et la dotation à la jeune fille de la moitié de sa fortune. Ayant refusé, l'agresseur fut mis à mort. Jacques Meyer[34], quant à lui, situe l'épisode durant la destruction de Liège.

---

32. Pages 171 à 191.

33. *De Rebus batavicis*, (XI, 159) publié avec la seconde partie, *Rerum Belgicarum Annales*, à Francfort en 1620.

34. *Commentarii sive annales rerum Flandicarum*, Anvers, 1561.

Il raconte comment Charles fit périr un de ses officiers, pour avoir torturé un citoyen liégeois et violé sa femme, venue solliciter la libération du prisonnier.

La version dramatisée par Rouillet aurait été adaptée à Charles par l'influence de Snoy et Meyer[35]. Pontus Heuterus[36] a opéré la fusion le premier en publiant une version dont Charles est le héros. Il fut suivi en 1610 par Pierre Matthieu dans son *Histoire de Louis XI*[37] (Livre VII, p. 290-292). C'est le texte de Pierre Matthieu dont s'inspire l'intrigue du *Jugement équitable*.

2) Le récit

Le texte relate une affaire de justice à l'issue de laquelle Charles de Bourgogne fit exécuter le gouverneur d'une ville qui s'était rendu coupable de viol et de meurtre :

« Il [le duc de bourgogne] avoit des vertuz dignes d'un Prince, mais l'orgueil, la presomption, et l'opiniastreté en obscurcissoient toute la gloire. Il fut sur tout grand justicier, et l'on rapporte un exemple admirable de sa Justice contre un Gouverneur d'une ville de Zelande, lequel aymoit jusques à fureur une Dame esgallement belle et sage, et qui avoit fié la garde de sa beauté à l'amour de la vertu. Il[38] entreprit sur son honneur, et ceste violente curiosité de penetrer dans les voluptez d'autruy[39] le porta à la rechercher et servir. Voyant qu'il ne la pouvoit vaincre par les prieres,

35. Lancaster fait observer que l'argument de la pièce résulte forcément d'une fusion entre plusieurs textes : le sujet n'a pu venir exclusivement de la vie de Charles le Téméraire, puisqu'aucun chroniqueur n'a relaté une affaire absolument identique à celle-ci.

36. *Rerum Burgundicarum libri sex*, V, 393-398, 1584 (édition de 1639).

37. Publiée à Paris chez Pierre Mettayer en 1610.

38. Le gouverneur.

39. Note apparaissant en marge du texte de Pierre Matthieu : « Plutarque dit que l'adultere est une curiosité de la volupté d'autrui » (...).

les services et les presens, il y employa une insigne meschanceté, faict emprisonner son mary, feignant d'estre adverty de quelque intelligence qu'il tramoit avec les ennemis. Le voila[40] en estat ou de se justifier ou de mourir, car en telles accusations il n'y a point d'autre chemin[41]. Sa femme se jette aux pieds du Gouverneur, duquel elle avoit si souvent mesprisé les prieres le suppliant pour l'innocent, et l'innocence parlant clairement pour la liberté du prisonnier. Et comment, dit le Gouverneur, presentez-vous des prieres à celuy dont vous tenez toutes les volontez sous vos loix, rendez-moy à moy[42], et je vous rendray vostre mary ; il est mon prisonnier, et je suis le vostre, il est en vostre puissance de nous mettre tous deux en liberté. Elle se void reduite entre la honte et la craincte, la rougeur premierement et puis la palleur peinte sur son visage tesmoignent l'une et l'autre passion pour la honte de perdre son honneur, par un crime plus odieux en sa nation qu'en nulle autre[43], et la craincte de ne recouvrer son mary. Le Gouverneur ne luy donne pas le loisir de se recognoistre ny de prendre party, car croyant qu'elle estoit en estat de ne

40. Le mari accusé de trahison.

41. Note apparaissant en marge du récit de Pierre Matthieu : « Qui est prevenu de crime ne doit plus penser qu'a mourir ou a se justifier. C'est ce que manda ceste courageuse femme de Sparte a son fils quand on luy vient dire qu'il estoit accusé de crime, (...) *Ou te deffais de la vie, ou de l'accusation*, PLUT. »

42. C'est bien *rendez-moy à moy* et non *rendez-vous à moy* : le gouverneur se déclare prisonnier des volontez de la jeune femme ; en lui accordant ses faveurs, elle le délivrera, et son mari par la même occasion.

43. Note apparaissant en marge du récit de Pierre Matthieu : « Quand Tacite parle des coustumes des Allemans, et la Duché de Gueldres est la description de la Germanie, il dit, *Paucissima in tam numerosa gente adultera, quorum pœna præsens, maritis permissa, accisis crinibus nudatam coram propinquis expellit domo maritus, ac per omnem vicum verbere agit.* »

luy rien oser refuser, il prend du corps ce qu'il ne pouvoit avoir du cœur, et ne voulant plus de compagnons en ceste tyrannique possession, adjouste à la lubricité la cruauté qui se plaist en ceste compagnie, et faict volontiers sejour dans les ames lasches[44]. Il faict trencher la teste au mary, la femme le somme de sa parole pour le mettre en liberté, il luy dict qu'elle aille en la prison et le prenne : elle y va le cœur tout enflé, et de la joye de la delivrance de son mary, et d'un grand desir de le vanger de ceste injure, mais elle le trouve mort estendu au cercueil. Elle se jette sur luy, et avec des cris effroyables deteste l'inhumaine et cruelle tromperie du Gouverneur, sort de là plus furieusement qu'un Tigre[45] à qui on a desrobé ses petits, raconte à tous ses amis ceste cruelle advanture.

On la conseille d'aller trouver le Duc. Elle y court, se jette à ses pieds et avec des larmes de vengeance et de douleur luy raconte ceste injure, et en demande justice. Le Duc entendant un accident si barbare faict venir le gouverneur, lequel confronté à ceste femme sent son visage rougir de honte autant qu'il la void pallir de regret, et après avoir desnié tout tremblant un crime qui n'avoit autre tesmoing que sa conscience, et espreuvé que les meschancetez se commettent plus aysement qu'elles ne s'excusent[46], il embrasse le Duc par les genoux, luy demande

---

44. *Idem : La cruauté est un ulcere de l'ame provenant de sa foiblesse et lascheté.* AMMI. MARCELL. Liv 27.

45. *Ibid.* : « L. [*sic*] Lipse qui a escrit ceste histoire dit en cest endroit : *Retinere et placare conatur frusta, non tigris magis saeviat fœtu cœpto, statimque amicarum fidis advocatis, rem denarrat ejus ordinem et culpam suam non culpam : ac consilium viamque ultioni exquirit : censent omnes ad Principem eundum : qui inter alias virtutes insignes habuit, nisi superbia, et pervicacia corripuisset, eximius justitiae cultor erat.* »

46. *Ibid.* : « On a de la peine à tolerer et desguiser une meschanceté. Un ancien Jurisconsulte importuné par quelque tyran d'excuser le parricide que ce Tyran avoit commis tuant son propre frere, respondit : Qu'il estoit bien plus difficile d'excuser un forfait que de le commettre. »

pardon, et promet d'espouser ceste femme pour reparation du tort et du deshonneur qu'il luy avoit faict. Elle demande la vengeance de la mort de son mary ; non l'amitié ny l'alliance de celuy qui l'avoit tué. Ceux qui sont presens la conseillent d'accepter l'offre puis que le mal estoit faict, et que la justice pouvoit bien venger, non reparer son injure. Elle contraincte de recourir à l'oubliance, la Deesse des infortunez, se resout de se donner à celuy qui luy avoit ravy son honneur et son mary, et l'obliger encor de la vie qu'il ne pouvoit sauver que par elle. Les promesses sont escriptes, stipulees et jurées, le Duc y adjouste ceste condition que le mary mourant le premier sans enfans, tous ses biens demeureroient à sa femme. Cela accordé, leurs cœurs sacrifient à la concorde conjugale, et promettent de vivre paisiblement ensemble. Il ne semblait point qu'il y eut autre chose à faire, ny qu'un Ciel si serein comme celuy de ceste journée eust des foudres et des tonnerres[47]. Le Duc se tournant devers la femme luy dit : Estes-vous contente ? ; je le suis Monseigneur, respond-elle, par vostre bonté et justice. Je ne le suis pas, repart le Duc, qui ne laissoit pour tout cela de bien considerer comme le public estoit offensé en ce crime, qu'un Prince peut bien declarer mais non rendre le coulpable innocent, qu'il est obligé à faire justice[48], rendre compte du sang innocent, n'y ayant triomphe esgal à celuy que le Prince esleve à sa gloire en

---

47. *Ibid.* : *His jam peractis noster Carolus ad fœminam ? dic, sodes animo tuo factum jam satis ? Satis inquit mulier : At nondum meo, ille subjicit et ablegata fœmina jubet Praefectum in illum ipsum carcerem duci in quo maritus caesus et pariter caesum in arcam ligneam sive Capulum deponi. Facta sunt, tum mulierem ignaram eo mittit : quae inopinato iterum casu conterrita, duobus maritis eodem fere tempore eodem certe supplicio amissis mox in morbum incedit et fato obiit.*

48. *Ibid. :* « Un Prince rendant Justice également s'acquiert plus de gloire que s'il avoit donné des limites à la mer, vaincu les monstres, ruiné les Enfers et soustenu le Ciel. ».

faisant justice. Il commanda à la femme de se retirer, fait mener le Gouverneur en prison, et voulut qu'au mesme lieu qu'il avoit fait mourir le mary de cette femme on luy trencha la teste, et qu'il fust aussi mis en un cercueil[49]. Cela fait il envoye à la prison ceste femme, laquelle effrayee d'un tel spectacle, et de se voir vefve en si peu de temps de deux maris, fut saisie d'une douleur si violente que peu de temps apres elle suivit le chemin que ses deux hommes luy avoient tracé. »

3) Les emprunts de Mareschal

Mareschal a repris la trame du récit de Pierre Matthieu. On reconnaîtra chez l'un comme chez l'autre la succession des étapes suivantes :

— Le gouverneur d'une ville des Pays-Bas ordonne l'emprisonnement d'un homme qu'il accuse d'intelligence avec l'ennemi.

— L'épouse du prisonnier vient implorer la libération de l'innocent.

— Le gouverneur répond par une manœuvre de chantage : la femme doit lui accorder ses faveurs en échange de la vie du prisonnier. La réponse de Rodolfe (I, 1, v. 68-80) est tout à fait semblable, dans la formulation, à celle du gouverneur dans le texte de Pierre Matthieu[50].

— Terrorisée à l'idée de perdre son honneur, et craignant de ne jamais revoir son mari, cette femme tombe évanouie.

— C'est le moment que choisit son agresseur pour la

---

49. *Ibid.* : « D. Ferdinand de Gonzague, Lieutenant général de l'Empereur Charles V en Italie fit faire une semblable reparation à une Dame Italienne. Il fit trancher la teste au ravisseur apres luy avoir fait espouser celle qu'il avoit ravie, et donner tous ses biens. »

50. Le vers 70 du *Jugement équitable —Il est mon criminel, et moi je suis le vostre.* — reprend presque mot pour mot une des phrases du récit : « Il est mon prisonnier, et je suis le vostre ».

violer, ou du moins tenter de le faire, puisque le viol, dans la pièce de Mareschal, n'est pas consommé.

— Le gouverneur ordonne l'exécution du prisonnier.

— Par des cris, sa femme manifeste, à travers les rues de la ville, sa détresse et sa colère ; à cette différence près que Matilde crie parce qu'elle vient de subir l'agression de Rodolfe, tandis que l'autre femme pleure son mari assassiné par traîtrise. Pourtant si les raisons de crier sont différentes, les deux femmes expriment la même révolte. « Elle se jette sur luy, et avec des cris effroyables déteste l'inhumaine et cruelle tromperie du Gouverneur », raconte Pierre Matthieu qui compare la veuve à un tigre furieux. Matilde parcourt la ville en faisant entendre ses lamentations (I, 5, v. 326-7) :

Ce pendant en tous lieux elle porte sa rage ;
Elle a tantôt rempli tout Mâstric de ses cris.

— La femme demande la justice du duc.

— Celui-ci décide que le gouverneur épousera cette femme afin de réparer son préjudice d'honneur,

— Puis il fait porter au contrat une clause prévoyant le legs de la totalité des biens *au dernier vivant.*

— Enfin, dans l'étonnement général, le duc ordonne la mise à mort du gouverneur.

Pour bâtir son intrigue, le dramaturge a conservé l'ossature du récit de Pierre Matthieu, tout en modifiant certains détails susceptibles de choquer les bienséances. Au cours des années 1630, le public des théâtres parisiens a évolué. Et en particulier la représentation, autrefois appréciée, des viols, des meurtres et des exécutions offusque les dames et les personnes raffinées. Les dramaturges évitent désormais les paroles et les spectacles considérés comme malséants.

C'est la raison pour laquelle le viol devient, dans la pièce, simple tentative. En outre la scène, cachée aux spectateurs, fait l'objet d'un récit (I, 5). Enfin, par ce même récit, le public est très rapidement informé de l'échec de l'entreprise. Il fallait, pour dérober la scène au regard du public, que les choses se déroulent en deux temps : d'abord Rodolfe menace, fait du chantage (I, 1), puis il introduit Matilde dans une chambre où elle croit trouver Albert (II, 2)[51]. C'est alors qu'il tente d'abuser d'elle ; on ne l'apprendra que deux scènes plus tard.

Dans le récit historique, le gouverneur faisait mourir le prisonnier « par tyrannique possession », par une « cruauté qui s'adjouste à la lubricité ». Cette explication, fort peu conforme aux bienséances, disparaît dans la tragédie. C'est pour cacher le crime de Rodolfe que Frédéric propose d'exécuter Albert. Le corps d'Albert n'est pas montré à Matilde, qui apprendra la mort de son mari au cours de l'interrogatoire de Rodolfe.

Par rapport à l'autre femme, Matilde a gagné en cohérence et en bienséance. Lorsque Charles lui commande d'épouser Rodolfe, sa réaction est celle que l'on attend d'une épouse vertueuse, tandis que l'autre finissait par s'accommoder de cette union, même si elle l'avait tout d'abord refusée. Une telle attitude aurait paru malséante au public du XVIIe siècle. En outre, la mort du gouverneur affectait beaucoup cette femme, choquée de perdre en un jour « ses deux hommes ». Matilde conformément à son personnage, réclame sans relâche la mort de Rodolfe et ne se déclare satisfaite qu'après son exécution.

Si Lancaster a établi que l'origine du *Jugement équitable* se trouvait dans l'anecdote tirée de l'*Histoire de Louis XI* de Pierre Matthieu, nous pensons pouvoir affirmer qu'il existe une autre source à laquelle il n'avait pas

---

51. Après le viol, le gouverneur du texte de Pierre Matthieu amenait la jeune femme dans une pièce où il lui avait promis qu'elle reverrait son mari. Elle l'y découvrait « mort, estendu au cercueil ».

songé. Il s'agit de la *Chronique des ducs de Bourgogne* de Georges Chastellain[52].

Un extrait de la Chronique *de Georges Chastellain*

1) Le texte

Plutôt que de restituer l'intégralité du texte, il nous a semblé préférable de dégager les grandes étapes du récit, en citant les passages dont Mareschal a pu s'inspirer.

L'histoire se situe à Bruges en 1468, peu avant le remariage du duc de Bourgogne avec Marguerite d'York, sœur du roi d'Angleterre.

Hermoul de la Hameyde, fils naturel d'un seigneur des environs, s'est rendu coupable de meurtre sur la personne d'un autre jeune homme. Après la découverte du forfait, les parents de la victime s'en sont rapportés au duc, « lequel, par renommée, savoient estre prince de justice et de radresse[53] ». Charles leur promit satisfaction : « Si leur jura le duc, par Saint-George, que si feroit-il, et qu'il en feroit bonne punicion. » Le meurtrier qui bavardait plaisamment avec quelques courtisans fut aussitôt mis en prison par ordre du prince. « Si en vint prestement la voix au seigneur de la Hameyde, son oncle, et à plusieurs aultres seigneurs, ses parens, qui là estoient en grand nombre, et lesquels pesant le fait (...), pesèrent aussi le criminel dangier en quel estoit leur parent, par la cognoissance qu'ils avoient de la rigueur du prince. Si se boutèrent tous ensemble hastivement ; et par conseil pris, une partie de eux s'atourna envers la partie poursievant, et l'aultre, la plus principale et la plus pesante, se vint ruer devant les pieds du duc luy priant et suppliant qu'en recognoissance

52. Georges Chastellain, *Chronique des ducs de Bourgogne*, (chapitres CCCIII à CCCIX), [J.A. Buchon éd.], Collection des chroniques nationales françaises (t. XLIII), Paris, 1827.

53. Réparation.

et retribucion du service que fait luy avoient en maint mortel dangier aultrefois, et en grandes missions et peines longuement continuées, il luy pleust à estre piteux et miséricordieux envers leur neveu, et de mitiger sa roide justice envers ly, par recognoissance aussi du service que le jeusne homme lui avoit faict à Montlhéry, là où il s'estoit vaillamment porté et monstré par jugement de beaucoup de gens ; par quoy, si sa grasce se pouvoit estendre jusqu'à en avoir mémoire, la faute de son péchié et de sa boullante jeunesse en pourroit estre tant plus aucunement supportée. Sy fut la requeste belle et piteuse à oyr en face de toutes nobles gens en pleine salle, là où le duc se rendist ententif à les bien entendre, et pour tant mieulx savoir respondre à poinct, car avoit la chose fort à cuer. »

Charles répondit en substance qu'il se souvenait des services rendus, mais qu'il lui était impossible, en ce cas précis, de récompenser leurs mérites en donnant une chose qui ne lui appartenait pas. Il ne pouvait refuser de satisfaire la famille de la victime, qui lui avait demandé réparation : « Sire de la Hameyde, et vous les aultres, je cognois bien les services que m'avez faits, et les ay bien en mémoire ; mès ne me loist pour tant de vous retribuer de vos mérites en cely cas, par chose qui n'est pas ne à moy ne en moy ; mais vous doys remunérer du mien et de mon propre. Vous expétez la rédempcion de vostre nepveu, et que je luy face grasce et véez-cy partie qui me requiert de justice, de leur frère piteusement mis à mort et sans tiltre, et dont la grasce fait pend en eux. Moi doncques, d'aultrui franchise ne doy faire ma libéralité, qui n'y ay riens. » Il aurait fallu, dit-il, contenter la partie avant que celle-ci ne porte plainte : « Si à poinct et à heure eussiez contenté partie et tant fait que la plainte n'en fust venue jusqu'à moi, vous eussiez lors obtenu, peut-estre, sans moi, ce que maintenant je ne vous puis donner sans eulx, car ne me loist donner le sang de leur frère qui crie sur moi. C'est à eulx d'en demander la vengeance, et à moi de le vengier par observation de justice que je ne puis, ne ne veuil refuser. »

Il ajouta que même si la partie était satisfaite, il avait si grand intérêt en cette offense qu'il aurait des remords de la laisser impunie : « Encore, quand partie seroit contente, et que l'offense en est en mon sceu, si ai-je intérest très grand et de quoy je feroie conscience de le couler. » Cependant il leur conseilla de trouver un arrangement avec les plaignants, « et puis après on [s'aviserait] du surplus au plus expédient ».

Il fut alors impossible d'en savoir plus sur les intentions du duc, « qui ne donnoit, ne tolloit (...). Mès disoient aulcuns assistans secrètement, que en couvert luy avoient oy jurer Sainct-George, qu'il en mourroit long ou court ». Les autres plaçaient leur espérance dans le poids que représentait « toute la chevalerie de Hainau ». Enfin la famille du meurtrier réussit à contenter la partie qui se présenta devant le duc pour retirer sa plainte et demander la grâce de l'offenseur. « Or firent tant parens et amis, par argent et par honnestes réparations, que partie fust contente ; et vint partie soy remonstrer devant le duc, et lui signifier et dire son contentement, et la haulte et belle satisfaction qui luy avoit esté faite, priant à mains joinctes, que il luy pleust faire sa grasce et sa merchy en l'offenseur, comme le corrage des offensez est commué en pitié envers ly, pour l'onneur de lui ; par quoy lui prièrent de samblable. Mès ce duc y respondist peu ; et ce peu qu'il en dit, si estoit-il assez obscur, et pendoit en doute. Et n'en purent les amis, ni la partie pacifiée tirer aultre chose, fors seulement vivre en espérance non certaine. Et le détenu demeuroit tousjours en prison, qui, vivant en l'espérance de ses grans amis, ne cuida jamais morir et fist bonne chière. »

Un jour qu'il devait aller à l'Escluse voir le port et les préparatifs de la réception de sa future épouse, Charles « manda l'escoutète[54] de Bruges venir devers ly, sans

54. Magistrat chargé de l'exécution des mesures relatives à l'ordre public et à la répression des délits.

que nul sceu pour quoy » ; il lui ordonna de procéder la nuit même à l'arrestation du meurtrier, et à son exécution le lendemain matin à onze heures. A quoi l'officier répondit qu'il avait beaucoup de regret de devoir faire mourir « ung si beau jeusne gentilhomme et de si hault lieu ». Il alla chercher le bâtard, le mena à la prison de la ville et lui dit de se préparer à la mort. Le jeune homme, surpris, « commença à plorer et à soi lamenter durement de sa triste fortune (...) ; et n'eust jamès cuidié, en si josnes jours, et à telle parenté qu'il avoit, venir à si dure fin, pour cas encore rémissible, et dont le roy et tous aultres princes baillent rémission tous les jours de samblables ». Le magistrat retarda le plus possible l'exécution de la sentence et pria plusieurs personnes influentes d'intercéder auprès de Charles.

A deux heures de l'après-midi, le duc n'ayant toujours pas accordé sa grâce au condamné, celui-ci habillé d'un pourpoint de soie, « aussi honnestement vestu que pour aller à nopces », montra dans un chariot et parcourut la ville jusqu'au lieu de son supplice. Une foule nombreuse suivait le convoi. « Entr'aultres y avoit multitude de povres folles femmes qui le sievoient, et qui crioient et ploroient piteusement sur ly, et le demandoient avoir en mariage, qui toutesfois leur fut escondit : car n'eust-on osé, par peur du prince ; (...) on eust bien volu avoir faculté de le povoir faire ; car n'y avoit cely de la loi qui meismes ne plorast de la pitié du cas. » Arrivé au lieu de l'exécution le condamné fut confessé : « il certifioit avoir pleine vraie foy et parfaite espérance en Dieu et en la Vierge Marie, disant meismes que celle honteuse et confuse mort que Dieu luy envoyoit en si jeusnes florissans jours, luy donnoit vrai espoir que Dieu le prendroit en sa merci. » On l'exécuta et le corps en deux morceaux fut exposé sur une roue, comme on le faisait pour les grands criminels. Trois jours après seulement, on le mis en terre chrétienne ; « et fust ensevely révéramment en la chapelle des Ménestriers à Bruges, et ly fist-on ung bel service. »

Chastellain conclut son récit en donnant l'explication de ce jugement rigoureux : Charles souhaitait avant toute chose être craint et respecté. Toute la noblesse du pays étant assemblée à Bruges pour son mariage, il « voulut monstrer sa rigueur à l'exemple de son corrage, pour donner peur au monde, vueillant monstrer que par plus forte raison moins donroit d'espargne à ungs et aultres de bas lieu, quand au bien noble sang de son pays, il refusoit miséricorde en maléfice. Donc ly, qui estoit prince de corrage, et estoit nouvellement venu à seigneurie, et vouloit justice maintenir et mettre sus, et estre cremu et doubté, et donner exemple du ploy de son regner, voulut entamer et encommencier en ce noble fils, pour miroir au futur (...) ».

2) Les emprunts :

— La présence d'un bâtard meurtrier a sans doute inspiré à Mareschal l'idée de faire du coupable le fils naturel du prince, transformant ainsi une banale affaire de justice en un jugement qui triomphe de la nature[55].

— Les premiers mots prononcés par le Charles du *Jugement équitable* (II, 2, v. 417-418) :

Je garde en mon esprit vos plaintes et son vice ;
J'ay pitié de vos maux ; je vous rendray justice.

sont à rapprocher du serment prêté par le duc lorsqu'il promet réparation aux parents de la victime : « Sy leur jura le duc, par Saint-George, (...) qu'il en feroit bonne punition ».

— Alors que l'arrestation se produit dès le début, un long délai, avant l'exécution, fait régner l'incertitude sur le sort du coupable.

— Des démarches sont entreprises par la famille du meurtrier. Chez Chastellain, une partie des parents se rend

55. Le véritable duc de Bourgogne, le modèle historique de Charles, n'eut jamais lui-même ni maîtresse, ni enfant naturel.

auprès des offensés pour tenter de les adoucir. L'autre, la plus puissante, implore le pardon du prince. Dans la tragédie, c'est Frédégonde qui assume ces deux rôles (III, 1), s'adressant tantôt à Charles, tantôt à Matilde. Les proches du bâtard de la Hameyde allèguent les services rendus par eux-mêmes et par leur neveu au cours de nombreuses batailles. Frédégonde, elle, demande que l'on considère le secours qu'elle a apporté à Matilde, et aussi que l'on se souvienne du bon gouvernement de Rodolfe à la tête de Mâstric. Frédégonde et les parents du bâtard de La Hameyde agissent de manière comparable : ils sollicitent à la fois le prince et la partie, et ils pensent obtenir la grâce du coupable en faisant valoir leurs propres mérites et ceux de l'accusé.

L'obscurité des propos de Charles, et son apparente indécision dans la scène 1 de l'acte III sont encore des emprunts au récit de Chastellain. Les paroles ambiguës du prince plongent l'assistance dans la perplexité. Après avoir entendu chacune des deux parties, Charles, écrit Chastellain, « ne donnoit, ne tolloit », c'est-à-dire qu'il ne fit, dans un sens comme dans l'autre, aucune promesse[56]. Le héros du *Jugement équitable* prononce une formule équivalente à celle-ci (III, v. 753-754) :

Comme il doit satisfaire encore à ma Justice
Je réserve à mes droits la grace, ou le supplice.

Charles mande expressément Léopolde (III, 4) pour lui communiquer un ordre confidentiel — qui se rapporte bien sûr à l'exécution de Rodolfe — de même que le duc convoque en secret l'escouète de Bruges.

— Il maintient la condamnation à mort alors que la partie retire sa plainte. Pour cette raison, Mareschal fait en

56. Une autre phrase de Chastellain évoque les paroles mystérieuses de Charles à l'occasion du procès : *Mais le duc y respondit peu et ce qu'il en dit, sy estoit-il assez obscur et pendoit en doute.*

sorte que Ferdinand (V, 1 à 3) demande par erreur la grâce du nouveau mari de Matilde. Lancaster juge ce quiproquo totalement invraisemblable, sans comprendre qu'il conditionne la signification du drame : Charles ne punit pas en vue de satisfaire tel ou tel, mais dans le seul souci de rendre justice.

— La foule qui assiste à la décapitation adopte d'un texte à l'autre une attitude très proche. Un groupe de femmes, d'après Chastellain, se presse en criant autour du condamné : « ...y avoit multitude de povres folles femmes qui le sievoient, et qui crioient et ploroient piteusement sur lui, et le demandoient avoir en mariage... ». Les dames de la cour se précipitent autour de Charles, lorsque celui-ci quitte le théâtre (IV, 3, v. 1189-1198) :

Comme l'on attendoit encore pour le reste
L'ordre dernier du Prince et ce signe funeste ;
Des Dames assiegé, battu de leurs accens,
Et forcé du combat qu'il soufroit dans ses sens,
Charles sur leurs transports, dans une peine égale,
Eschappant à leurs cris, eschappant de la sale,
Sans avoir fait ce signe au Theatre attendu,
Laisse l'Acte à remplir, et l'effect suspendu.
Ces Dames sans respect le suivent, et le pressent ;
Dans un trouble si grand tous parlent, s'interessent ; »

III] **La constitution de l'intrigue**

Bilan des emprunts :

Le dramaturge reprend l'action pleine de péripéties relatée par Pierre Matthieu. Ce dernier lui fournit la colonne vertébrale de l'argument : le chantage et le viol d'une jeune femme, l'assassinat de son mari en prison, la plainte déposée auprès du prince, la mise à mort du coupable aussitôt après ses noces. Dans le texte de Chastellain, le dramaturge puise de précieuses idées pour élaborer les différentes étapes d'un jugement qui suscite d'abord l'interrogation puis la surprise : la promesse de rendre justice, le délai qui retarde l'exécution, les supplications de la famille du meurtrier, les propos énigmatiques de Charles, l'ordre transmis secrètement au magistrat, les réactions de la foule, etc.

Le fait que Rodolfe soit le favori du prince nous semble résulter de la combinaison des deux textes. Dans la *Chronique* de Chastellain, le meurtrier est un fils bâtard noble ; nous avons pu constater que Mareschal avait utilisé cet élément, en l'adaptant, faisant de Rodolfe un enfant naturel du prince *lui-même*. Chez Pierre Matthieu, le criminel était gouverneur d'une ville ; l'élément a été repris tel quel : Rodolfe gouverne la cité de Mâstric. En combinant les emprunts aux deux sources historiques, Mareschal fait de son meurtrier à la fois un gouverneur et un fils bâtard. Il fallait au personnage une qualité qui tînt de la fonction officielle et du lien affectif. Le rang de favori s'imposait. Ainsi tout se tenait : Rodolfe, chéri par le prince avait obtenu, malgré sa jeunesse, le gouvernement de Mâstric. Mais surtout la notion de faveur[57] permettait d'introduire une gradation dans le tragique. Charles se résigne à condamner l'être qui lui est le plus cher, avant de prendre conscience de son lien de parenté avec lui : le tragique de la situation initiale atteint un degré ultime avec la révélation d'identité.

---

57. La présence d'un favori est peut-être en partie due au contexte historique. Un an environ avant l'écriture de la pièce, le 12 septembre 1642, Cinq-Mars et De Thou étaient exécutés, accusés de conspirer contre le cardinal de Richelieu. La mort sur l'échafaud de ce jeune homme auquel Louis XIII vouait tant d'affection était forcément dans tous les esprits au moment de la représentation du *Jugement équitable*. On pouvait établir des rapprochements entre Cinq-Mars et Rodolfe : la jeunesse, l'insolence, la faveur d'un prince régnant, l'éclat entourant l'exécution.

Le choix d'une situation historique :

L'action du *Jugement équitable* se déroule au cours d'un épisode fameux de la lutte opposant Louis XI à Charles le Téméraire. Il s'agit de la punition de Liège (30 octobre-10 novembre 1468) qui fut précédée de la rencontre de Péronne.

Au début du mois d'octobre 1468, Louis XI se montre désireux d'organiser une rencontre amicale avec son cousin, en vue d'améliorer leurs relations diplomatiques. Afin d'obtenir la confiance de Charles, il propose que l'entrevue ait lieu à Péronne, dans la demeure du duc. Le roi arrive, accompagné d'une escorte réduite et muni d'un sauf-conduit que Charles lui a fait remettre quelques jours auparavant. Au début tout se déroule dans les meilleures conditions. Mais Louis XI « a oublié qu'il avait envoyé des agents à Liège pour soutenir les revendications des Liégeois contre le duc de Bourgogne. Arrive la nouvelle (véridique) de l'entrée à Liège de quelques pauvres diables portant la croix blanche de France ; et la nouvelle (fausse) d'un massacre où les créatures de Charles, l'évêque et le gouverneur, auraient péri. Charles, de très bonne foi, se persuade que le roi n'est venu à Péronne que pour mieux le berner. Il lui serait facile, matériellement, de faire tuer ou emprisonner Louis XI, d'appeler à Péronne le duc de Berry et quelques grands féodaux, et de démembrer le royaume. » Il y renonce par esprit chevaleresque, parce qu'il a signé une lettre garantissant au roi qu'il repartirait sain et sauf. Il se contente « d'imposer au roi la signature d'un traité draconien et sa participation personnelle au châtiment des Liégeois. Louis XI signe tout ce qu'on veut. Il prête serment sur la vraie Croix de Charlemagne qu'il transporte, à toutes fins utiles, dans ses bagages. Le 17 octobre, l'on se met en route. Le 30 octobre 1468, Louis XI, toute honte bue, entre dans Liège, la croix de Saint-André à son chapeau et criant : *Vive Bourgogne !*, pendant que les malheureux Liégeois crient : *Vive le roi !*.

La ville sera systématiquement rasée à l'exception des églises. »[58]

Le choix du contexte de Liège ne s'explique pas par le fait que l'historien Jacques Meyer[59] situe son anecdote à cette époque. Mareschal avait surtout besoin du contexte d'une rebellion pour mettre en place la fausse sédition de Mâstric.

La fausse lettre à Louis XI de la tragédie invite le roi à venir s'emparer de Mâstric, afin de *vanger l'affront de Péronne* (v. 30). Rodolfe (I, 1, v. 36-38), cherchant à convaincre Matilde de la trahison d'Albert, rapproche le comportement de Mâstric de celui de Liège (*Suivrons-nous des Liegeois la révolte et le train ?*) et prétend l'avertir des dangers d'une telle action.

Afin de rattacher l'intrigue à l'événement historique, Mareschal a imaginé que Charles, inquiet de la sécurité du gouverneur de Mâstric, avait quitté, pour une journée, Louis XI et le siège. C'est ce que détaille le rapport de Rutile (II, 1).

Un sujet aristotélicien :

Un père obligé de faire mourir son propre fils, une reconnaissance qui plonge les personnages dans le malheur, telle est d'après Aristote la situation tragique par excellence.

Dans les années 1630, la *Poétique* d'Aristote sert de référence aux théoriciens classiques français en matière de création dramatique. Le fait que Mareschal ait inventé une action sur le modèle aristotélicien est une preuve de son adhésion aux préceptes classiques.

D'après la *Poétique*, la situation mise en œuvre dans l'*Œdipe-roi* de Sophocle est la plus tragique qui soit :

58. L'épisode est raconté par Pierre Frédérix dans *La Mort de Charles le Téméraire*, Gallimard, 1966. (Collection « Les Trente journées qui ont fait la France »), p. 29.

59. Voir supra, p. XXII.

d'une part, elle oppose deux membres d'une même famille[60] ; d'autre part, le héros, qui se croit autre qu'il n'est en réalité, découvre, avec sa véritable identité, les conséquences tragiques de ses actes[61]. Œdipe recherche le meurtrier de Laïos avant de s'apercevoir qu'il est lui-même le coupable, et qu'il a tué son père sans le savoir. Le Charles du *Jugement équitable* découvre au cours du cinquième acte que l'homme qu'il a juré de punir est son propre fils.

Les situations de ce type reposent sur le procédé du *déguisement d'identité* qui consiste à masquer, pendant une partie de la pièce, l'identité d'un personnage pour la dévoiler ensuite avec des conséquences tragiques[62]. Le dégui-

---

60. Aristote, *Poétique* (1453 b) : « ...tous les cas où c'est entre personnes amies que se produisent les événements tragiques, par exemple un frère qui tue son frère, est sur le point de le tuer, ou commet contre lui quelque autre forfait de ce genre, un fils qui agit de même envers son père, ou une mère envers son fils, ou un fils envers sa mère, ces cas-là sont précisément ceux qu'il faut rechercher. »

61. Aristote, *Poétique* (1452 a) : « La reconnaissance (...) est un passage de l'ignorance à la connaissance, amenant un passage ou bien de la haine à l'amitié ou bien de l'amitié à la haine chez les personnes destinées au bonheur ou au malheur. La plus belle reconnaissance est celle qui est accompagnée de péripétie, par exemple celle qu'on a dans *Œdipe.* »

(1452 a) : « La péripétie est le revirement de l'action dans le sens contraire (...) selon la vraisemblance ou la nécessité ; ainsi dans *Œdipe*, le messager arrive pensant qu'il va réjouir Œdipe et le rassurer à l'égard de sa mère, mais en dévoilant qui il est il produit l'effet contraire ; »

62. Le déguisement de théâtre n'existe pas que dans la tragédie. Les auteurs dramatiques au XVIIe siècle, en particulier dans les années 1620-1660, exploitent avec diversité les possibilités multiples que récèle ce procédé dans tous les genres. Pour tout ce qui concerne le déguisement, voir l'ouvrage de Georges Forestier, *Esthétique de l'identité dans le théâtre français. Le déguisement et ses avatars (1580-1680)*, Droz, 1988.

sement de cette tragédie s'inspire directement du schéma aristotélicien. C'est un déguisement inconscient : le personnage déguisé lui-même ignore qui il est, le changement d'identité s'étant produit à sa naissance. Les autres personnages l'ignorent également[63], à l'exception d'un seul dont le rôle sera de dévoiler le mystère.

Dans *Esthétique de l'identité*[64], G. Forestier insiste bien sur le fait que « les aboutissements des déguisements inconscients dans les tragédies ne sont pas tous tragiques », même s'ils prennent comme modèle l'*Œdipe-Roi* de Sophocle[65]. Il souligne à cet égard l'isolement — dans la production contemporaine — de la tragédie de Mareschal, qui correspond très exactement au modèle aristotélicien, puisqu'elle comporte un dénouement funeste.

Si l'*Œdipe-roi* de Sophocle constitue la référence des doctes en matière de déguisement tragique, Corneille[66] pour sa part conteste la validité du déguisement inconscient, qu'il nomme « agnition ». Il préfère que les personnages agissent « à visage découvert » parce que cela

---

63. Dans *Le Jugement équitable*, la fonction de révélateur est dévolue à Frédégonde. Ayant accouché sa sœur loin de la cour, elle a recueilli l'orphelin et l'a élevé comme s'il était son fils. L'imminence de l'exécution l'oblige, pour sauver Rodolfe, à avouer ce qu'elle a toujours tenu secret, et elle exhibe, comme preuve de la filiation, une lettre écrite par la mère de Rodolfe quelques jours avant son trépas.

64. *Op. cit.*, p. 142.

65. Il est étonnant que les dramaturges français n'aient pas davantage suivi Aristote sur cette voie. Corneille, dans le *Discours de la tragédie*, en donne l'explication : le sujet de la tragédie doit être historique, or il est difficile de trouver, dans l'histoire, de tels sujets :

« Je sais que cet événement sent plus la fable que l'histoire ».

66. *Discours de la tragédie*, [in] *Œuvres complètes*, [Georges Couton éd.], Bibliothèque de la Pléiade, Gallimard, 1987, vol. III, p. 154-155.

« autorise le combat des passions contre la nature ou du devoir contre l'amour ». D'après lui, si un père doit faire mourir son fils « sans le connaître », le spectateur ne peut éprouver qu'« un certain mouvement de trépidation intérieure, qui le porte à craindre que ce fils ne périsse avant que l'erreur ne soit découverte, et à souhaiter qu'elle se découvre assez tôt pour l'empêcher de périr (...) ; et quand cette reconnaissance arrive, elle ne produit qu'un sentiment de conjouissance, de voir arriver la chose comme on le souhaitait ».

Dans le cas du *Jugement équitable*, on ne rencontre pas les inconvénients évoqués par Corneille, puisque Charles fait mourir son fils en connaissance de cause. La découverte par Charles que Rodolfe est son fils n'intervient pas comme un *deus ex machina* : elle ne change rien à la décision du prince, qui maintient la condamnation.

Histoire et tragédie

A l'âge classique, la composition de la tragédie française est soumise à certains principes, pour l'essentiel tirés de la *Poétique* d'Aristote dans l'interprétation qu'en ont donnée les théoriciens littéraires du XVIIe siècle. Dans le chapitre 9, Aristote explique que l'action tragique doit se fonder sur des événements historiques parce que les faits paraissent au spectateur plus crédibles s'ils ont réellement eu lieu. Dans le même chapitre cependant, il affirme la supériorité de la poésie (épopée, tragédie) sur l'histoire. L'histoire prend comme objet le particulier et raconte les événements tels qu'ils sont arrivés ; tandis que la poésie, qui a une visée générale et philosophique, les raconte tels qu'ils pourraient arriver selon le vraisemblable et le nécessaire. « Ce qui revient à dire, explique G. Forestier[67], qu'il faut dramatiser les événements en tâchant de leur don-

67. « Corneille, poète d'histoire », *Littératures Classiques*, Supplément au n° 11, 1989, p. 37-47.

ner une cohérence interne (le nécessaire) ou les organiser de telle manière qu'il paraisse acceptable qu'ils fussent arrivés comme le poète le raconte (le vraisemblable). Par là la poésie, estime Aristote, est supérieure à l'histoire, parce qu'elle dépasse le particulier de l'histoire pour atteindre le général . Cohérente et vraisemblable, elle permet de faire réfléchir sur la nature des actions humaines et touche à la philosophie. »

Les théoriciens ont déduit de ce raisonnement que le dramaturge diposait d'une totale liberté d'action sur l'histoire ; et que non seulement il avait la possibilité d'y effectuer des transformations, mais qu'il se devait de le faire afin de rendre l'histoire vraisemblable. Le travail du poète sur le matériau historique relève donc, selon l'expression employée par G. Forestier, d'une « dialectique fidélité / invention ». De la source l'auteur extrait uniquement ce qui l'intéresse ; parfois — c'est le cas ici — il combine des éléments empruntés à des textes différents. Il ajoute, retranche, modifie, le but étant de produire une intrigue cohérente et vraisemblable, mais aussi intéressante, conforme aux bienséances et qui aille dans le sens de la morale qu'il souhaite donner à la pièce. Inventer un personnage n'est pas regardé comme une faute, mais comme un « embellissement » comblant un vide laissé par l'histoire.

Le lien filial unissant le juge au criminel constitue le principal « embellissement » de l'histoire dans *Le Jugement équitable.* Il renforce au cinquième acte la dimension tragique. L'intrigue amoureuse entre Matilde et Ferdinand en est un autre. Mais celui-ci a pratiquement un caractère obligatoire : on ne conçoit pas de tragédie sans drame d'amour au XVIIe siècle. Une fois l'intrigue construite, le poète choisit la situation historique qui lui semble convenir le mieux au développement de l'action.

Pour le reste, l'histoire ne fait pas l'objet de la pièce. Les actions se teintent simplement d'une couleur historique. La guerre, les noms de Liège, de Péronne et de Louis XI doivent susciter l'imagination du spectateur. Les vers 25 à 30 rappellent l'insoumission de Charles envers le roi de France. Un passage[68] évoque brièvement le camp bourguignon devant Liège.

L'écriture de la tragédie

« Ce jugement qui surmonte la nature fait toute la pièce et lui donne une concentration remarquable » écrit Lancaster, à propos de cette tragédie. Aussi les règles sont-elles observées rigoureusement et sans effort, et le nombre des personnages, neuf, est-il réduit au strict minimum.

L'action se déroule en un seul lieu, une salle du château de Mâstric[69]. Le respect de l'unité de temps est souligné à deux reprises : *Puis qu'il doit estre au camp de retour aujourd'huy* (II, 1, v. 359), *Charles voulant ce jour tout conduire à sa fin* (IV, 3, v. 1151). Le temps pris entre les actes est très court, de sorte que le temps de l'action dépasse à peine celui de la représentation[70].

Le ton est uni et élevé, conformément aux exigences qui régissent le genre tragique. Seule Dionée ne correspond pas exactement à un personnage de tragédie, dont elle n'a ni les actions, ni le langage. Spirituelle et moqueuse comme une soubrette de comédie, elle taquine Ferdinand, joue à lui faire peur (I, 3, v. 202-210). Elle ironise aussi sur les

---

68. Voir le vers 366 : *Mille chevaux rangez en armes vers sa tente.*

69. Il n'existait pas, à notre connaissance, de résidence ducale à Maastricht. La ville a sans doute été choisie pour sa proximité avec Liège.

70. Le premier entracte voit la mort d'Albert ; pendant le second, Frédégonde apprend l'emprisonnement de Rodolfe et se rend auprès de Charles ; à la suite de l'acte III, Léopolde conduit Rodolfe au lieu de la cérémonie, avant de procéder à l'arrestation de Frédéric ; entre les actes IV et V, il n'y a pratiquement aucune rupture temporelle.

élans chevaleresques de l'amant (I, 3, v. 170-173), regard critique sur les attitudes des personnages généreux incompatible avec la dignité tragique. En outre, lorsqu'une suivante est en même temps la confidente du soupirant de sa maîtresse — donnant au jeune homme des conseils pour entrer dans les bonnes grâces de la dame —, on a là une situation de galanterie plus coutumière des genres dramatiques médiocres que de la tragédie. Par ailleurs Dionée agit de manière très surprenante, incitant Ferdinand à laisser exécuter le mari — avec qui il est lié d'amitié — pour prendre sa place auprès de sa femme. Enfin, lorsqu'une suivante encourage un amant à pousser ses avantages, c'est que la dame est décidée à céder au galant ; or Matilde, conformément à son caractère de veuve fidèle, ne se montre pas pressée de remplacer son époux. On voit ainsi, d'une part que le personnage de Dionée n'est pas absolument cohérent, d'autre part qu'il aurait davantage sa place dans une comédie ou une tragi-comédie[71].

IV] **Justice et héroïsme :**

Le personnage historique :

Il n'était pas question pour Mareschal de chercher à restituer les mœurs médiévales et la véritable personnalité de Charles le Hardy. Ce principe était même un des fondements de l'esthétique classique : « Je pose que tout écrivain qui invente une fable dont les actions humaines font le sujet, ne doit représenter ses personnages ni les faire agir que conformément aux mœurs et à la créance de son siècle »[72].

---

71. Rappelons que *Le Jugement équitable* est la première tragédie de Mareschal, qui jusqu'alors ne s'adonnait qu'aux genres comiques et tragi-comiques. Le personnage de Dionée est peut-être un vestige de cette période.

72. Jean Chapelain, « De la lecture des vieux romans », in *Opuscules critiques*, [A. Hunter éd.], Droz, 1936, p. 218.

Ce que Mareschal a retenu de la figure historique de Charles le Hardy[73], c'est son sens scrupuleux de la justice, qui pouvait servir d'exemple à tous les gouvernants. Deux chroniqueurs bourguignons, Olivier de La Marche[74] et Chastellain[75] attestent qu'il rendait la justice plusieurs fois par semaine, recevant les plaintes des pauvres comme des riches, appliquant à tous le même châtiment sans considération de rang, de richesse, ni de mérite : « Il donnoit audience deux fois la sepmaine à tous, povres et riches » (La Marche I, p. 128). Le chapitre LX des *Œuvres* de Chastellain expose « comment le duc tenoit trois fois la semaine audience, où il falloit que tous ses nobles comparussent autour de luy » : « Encore en Brusselles, ce duc Charles se détermina à mettre sus et à maintenir roide justice, tant en plaintes et en procès de causes comme en punition des mauvais, dont les pays estoient pleins. (...) Et pour le fait des parties qui avoient leurs causes pendans devant juges, ça et là, sans en traire fin, et pour recevoir toutes plaintes de povres gens en divers cas, il mit sus une audience, laquelle il tint trois fois la semaine, le lundi, le mercredi et le vendredi, après disner, là où tous les nobles de sa maison estoient assis devant luy en bancs, chascun selon son ordre, sans y oser faillir, et luy en son haut dos

---

73. Fils de Philippe le Bon et d'Isabelle de Portugal, Charles naquit en 1433 à Dijon. Néanmoins, il passa la plus grande partie de son existence en Flandre, et sa langue maternelle était le flamand. Aujourd'hui, on le connaît couramment sous le surnom de « Téméraire », qu'il ne porta jamais de son vivant, son surnom officiel étant « le Hardy ». Charles fut le dernier d'une dynastie de quatre ducs bourguignons : Philippe le Hardi, arrière grand-père de Charles, avait reçu le duché de Bourgogne des mains de son père Jean Le Bon, roi de France, en 1363.

74. *Mémoires et opuscules*, éd. H. Beaune et J. d'Arbaumont, Paris, 1883-1888 (4 vol.).

75. *Œuvres*, éd. Kervyn de Lettenhove, Bruxelles, 1863-1866 (8 vol.).

couvert de drap d'or, là où il recevoit toutes requestes il fit lire devant luy, et puis il en ordonna dessus à son plaisir. » (Chastellain V, p. 270). Son strict respect des lois allait de pair avec une grande piété : « Il servoit Dieu et fut grand aulmosnier » (La Marche I, p. 122). « ...estoit devot à la Vierge Marie ; observoit jeunes ; donnoit largement aumosnes » (Chastellain VII, p. 230). Il se sentait, en tant que prince, investi d'une mission divine et donc tenu de faire régner dans ses terres l'ordre voulu par le Créateur[76].

Son intrépidité n'avait d'égale que sa vertu, et l'on sait qu'il étonnait son entourage par la sévérité de ses mœurs : « vivoit plus chastement que communément les princes ne font, qui pleins sont de volupté » (Chastellain VII, p. 231).

Cependant, au travers des éloges adressés au prince par ses historiographes, on perçoit des reproches, parfois à peine déguisés. Les chroniqueurs blâment son goût trop prononcé pour la guerre, son absence de mesure, son immense orgueil. Souvent sa violence naturelle lui faisait perdre le contrôle de lui-même : on a vu avec l'écrasement de Liège jusqu'où pouvait aller sa colère. Ses partisans les plus fidèles jugent même son sens de l'ordre trop rigoureux[77]. Chastellain par exemple, d'après Jean Dufournet, n'approuve pas l'exécution du bâtard de la Hameyde : il le suggère en rapportant les réflexions du jeune homme qui « n'eust jamais cuidié, en si jeusnes jours et a telle parenté qu'il avoit, venir a si dure fin, pour cas rémissible, et dont le roy et tous les autres princes baillent rémission tous les jours de semblables », en peignant la beauté et les larmes du condamné, la pitié du peuple et la colère de l'oncle du bâtard. Trop dur, Charles

76. Jean Dufournet, « Charles le Téméraire vu par les historiens bourguignons », [in] *Cinq-centième anniversaire de la bataille de Nancy (1477)*, Nancy, 1979, p. 65-81.

77. Ce qui est étonnant si l'on songe que son sens de la justice est précisément donné en exemple dans la tragédie de Mareschal.

est plus souvent craint qu'aimé : « par trop estre roide et dur a ses gens de diverses manieres non apprises, par especial aux nobles hommes, lesquels il maintint et voulut asservir en estroites servitudes... »

On voit que le Charles mis en scène par Mareschal n'a plus rien du caractère à la fois excessif et contrasté de son modèle. Aucun trait vraiment reconnaissable, hormis le sens de la justice, ne permet de l'identifier au duc qui vivait au XVe siècle. Hors son nom, son surnom et son titre, rien ne permet de le différencier des autres héros de tragédie de cette période. Comme eux, le Charles du *Jugement équitable* s'apparente au magnanime aristotélicien qui est à la base de l'idée de héros au XVIIe siècle.

Marc Fumaroli[78] a montré en effet que le portrait du magnanime, revu par les jésuites, avait été largement diffusé, dans une visée édificatrice, à travers la littérature du premier XVIIe siècle, et qu'il était notamment le dénominateur commun des héros tragiques de l'époque de Louis XIII. Le magnanime aristotélicien est un modèle à la fois de sagesse et de grandeur ; plus exactement la magnanimité se définit selon Aristote comme « la grandeur dans l'exercice de chaque vertu ». Quant à la vertu, c'est le degré d'une qualité lorsqu'il est situé à égale distance d'un défaut et d'un excès, c'est-à-dire aussi éloigné de l'un que de l'autre. Directement inspiré par ces principes, le héros de tragédie se libère des passions charnelles et impose silence à ses désirs pour faire triompher son devoir. Il s'auréole, par son abnégation, d'une gloire qui le place au-dessus des autres hommes.

Le héros du *Jugement équitable* correspond davantage au schéma aristotélicien qu'à son propre modèle historique,

78. « L'héroïsme cornélien et l'idéal de la magnanimité », [in] *Héroïsme et création littéraire sous le règne d'Henri IV et de Louis XIII*, repris dans *Héros et orateurs. Rhétorique et dramaturgie cornéliennes*, Droz, 1990, p. 323-349.

lequel, par son oubli de la mesure, n'avait rien d'un véritable magnanime. Du reste, l'objet de Mareschal n'était pas de brosser un portrait de ce prince, mais d'illustrer, dans un but moral, la vertu de justice, grâce à un personnage connu pour son exactitude dans ce domaine.

La dimension tragique :

Pour introduire la dimension tragique, il fallait inventer un obstacle qui rende plus difficile l'accomplissement de la justice. La faiblesse humaine constitue l'*obstacle* source de tragique : le juge éprouve pour le criminel une grande affection, qui s'avérera être l'amour d'un père pour son fils.

Ainsi le héros devient-il le champ d'un combat mené à l'intérieur de lui-même entre la conscience du devoir et le sentiment paternel (II, 2 v. 449-452) :

Quel desordre en mes sens ! où flame contre flame,
Je ne puis accorder mon cœur avec mon ame ;
Où je sents qu'il me faut, pour me rendre vainqueur,
Combattant contre moy, triompher de mon cœur :

Ce passage est révélateur de l'opposition entre le cœur, siège des sentiments et l'âme, principe spirituel. D'emblée la nécessité s'impose à Charles de ne pas laisser le crime impuni et donc de réprimer en lui ses élans de tendresse. Mais à cause de l'attachement qu'il éprouve envers le condamné, le juge subit lui-même le châtiment infligé (II, 3, v. 639-642) :

Mais qui punit le crime, et qui doit les vanger
Soufre pour le Coupâble, avant que le juger ;
Aymant le Criminel autant que sa personne
Le Juge soufrira la peine qu'il ordonne.

Cette idée est devenue un *lieu commun* chez les auteurs qui ont eu à traiter le thème qui nous occupe, celui du roi-juge obligé de faire périr un être cher. On la trouve dans le *Venceslas* de Rotrou[79] (V, 4, v. 1599-1602) :

---

79. « Il n'est pas possible d'être à la fois roi et père ». Cette phrase résonnant comme une maxime traduit le titre d'une pièce

Ladislas
S'il est temps de partir, mon âme est toute prête
Venceslas
L'échafaud l'est aussi, portez-y votre tête.
Plus condamné que vous, mon cœur vous y suivra ;
Je mourrai plus que vous du coup qui vous tuera ;

ainsi que dans *Le Comte d'Essex* de la Calprenède (I, 1 ; v. 23-26) :

Elisabeth
Cette raison me force à plus que je ne dois
Puisque te soumettant à la rigueur des lois,
On ne prononcerait contre ta félonie
Que le sanglant arrêt dont je serais punie.

En suggérant qu'il ne peut continuer à aimer un Rodolfe criminel, Charles donne une amorce du dénouement. L'idée se fait jour dès que Charles apprend le crime de Rodolfe. Elle s'insinue à plusieurs reprises à l'intérieur du discours de Charles :

Pouray-je n'aymer pas Rodolfe que j'estime ,
Et pouray-je l'aymer s'il est chargé de crime ,
(II, 2, v. 453-454)

(suite n. 79) de l'auteur espagnol Rojas, *No hay ser padre siendo rey* (1640), qui a inspiré à Rotrou son *Venceslas* représenté en 1647 (publiée à Paris, chez Antoine de Sommaville en 1648, cette pièce est reproduite dans le tome I du *Théâtre du XVIIe siècle* dans la Pléiade). Il serait intéressant de confronter avec *Le Jugement équitable* cette tragi-comédie de Rotrou qui aborde le thème du roi-juge placé dans la douloureuse situation de devoir condamner un fils. Retenons simplement que le dénouement est différent de celui du *Jugement équitable*, puisque le roi, fermement décidé à punir, finit par accorder sa grâce, cédant en cela aux pressions de son entourage. Ce jugement clément ne procède pourtant ni d'un acte de faiblesse, ni d'un acte d'injustice, puisqu'il est présenté comme destiné à satisfaire l'intérêt général. Cependant, sentant qu'il est impossible pour lui d'être à la fois père et roi, Venceslas abdique en faveur de son fils qui, en accédant à ce rang suprême, voit son crime effacé.

Cependant ce Rodolfe ; Ah ! le puis-je nommer,
Le puis-je voir encor, puis-je encore l'aymer ?
Ce Monstre de faveur, à mes yeux, se diffame,
Trouble tout dans Mâstric, trouble tout dans mon ame. (II, 2, v. 475-478)

Elle revient comme un leit motiv tout au long de la pièce, et s'exprime à travers la notion d'indignité. Ainsi aux vers 465-470, lorsque Charles donne la raison de son retour précipité à Mâstric :

Non, ce n'est pas la peur d'une Ville surprise
Qui m'oblige à venir, Albert, ni l'entreprise
[...]
Rien ne m'ameine icy, que cette amour insigne
Que j'avois pour Rodolfe ; et je l'en trouve indigne ?

On retrouvera, après la révélation d'identité, le motif de l'indignité de Rodolfe. Désormais Rodolfe n'est plus seulement indigne de l'amour et de la faveur de Charles, il est indigne d'être son fils. Dans le monologue qui suit immédiatement la scène de reconnaissance, Charles s'interroge sur sa paternité, inquiet de savoir si le condamné est réellement son propre fils (V, 2, v. 1379-1382) :

Outre que mon amour le semble declarer,
Le Ciel mesme, le Ciel me le vient inspirer :
Mais en meschancetez le figurant insigne,
S'il dit qu'il est mon Fils, il l'en dit estre indigne :

L'indignité de Rodolfe résout de manière dialectique le problème de la Nature. Charles n'est pas un *Pere desnaturé* (v. 1486), puisque Rodolfe, indigne d'être son fils, est également indigne de vivre. Charles ne cesse pas cependant de considérer Rodolfe comme son fils. Et c'est en tant que tel qu'il l'envoie à la mort (V, 3, v. 1481-1485) :

Enfin pour me punir moy-méme en sa misere,
De regret de sa mort, de regret d'estre Pere,
Et juste démolir ce qu'injuste je fis,
Qu'il meure, le Coûpable, encor comme mon Fils.

D'ailleurs, il refusera d'oublier Rodolfe, comme celui-ci le lui demande en exprimant ses dernières volontés (V, 4, v. 1557-1564).

Après le récit de l'exécution et l'accord de mariage passé entre Matilde et Ferdinand, la pièce se clôt sur la solitude pathétique du prince qui, dans sa douleur, interroge le Ciel : son geste n'est-il pas un acte commis contre la Nature ? Charles demande à mourir à son tour pour expier cette faute. Mais le Ciel lui inspire qu'il s'est montré juste en faisant périr Rodolfe. Le prince quitte alors sa révolte : il éprouve toujours du chagrin, mais il a le sentiment d'avoir agi selon son devoir.

Tragédie et morale :

On sait quelle place tient la notion de « profit moral » dans la tragédie classique. Grâce à des théoriciens comme Chapelain, cette idée s'est imposée en même temps que la régularité, pendant la décennie qui a vu la renaissance du genre tragique. En outre, depuis le milieu du XVIe siècle, tous les textes répétaient que la fin de la tragédie est de proposer au public des sujets de réflexion sur la politique et l'histoire, dont il doit tirer une morale. C'était une école pour les princes, les grands et la noblesse en général, amenée un jour ou l'autre à affronter des problèmes de cet ordre. Les plus hautes instances religieuses et étatiques encourageaient cette entreprise d'édification de l'aristocratie française par le biais de la tragédie. Le roi ne pouvait que se satisfaire de voir réaffirmer les principes monarchiques, et particulièrement celui de l'obéissance au souverain. Pour sa part, l'Eglise s'attachait, depuis le début de la Contre-Réforme, à réintroduire les valeurs chrétiennes en politique. Durant la première moitié du XVIIe siècle, parurent de nombreux ouvrages de théorie politique dont les auteurs étaient souvent des pères jésuites. Ces traités avaient pour but de rappeler aux gouvernants que, si la fonction royale donne des droits, elle comporte également des devoirs. La morale politique dispensée dans les œuvres dramatiques vient en droite ligne de ces travaux.

Le Jugement équitable se veut une illustration de la vertu de justice telle qu'elle doit être pratiquée par un souverain. On y trouve formulés pour l'essentiel les principes fondamentaux de gouvernement.

Dieu donne au prince le pouvoir pour faire régner la justice en son nom. Témoin l'avertissement de Frédégonde à Rodolfe (I, 4, v. 239-240) :

Si les Cieux ont soufert vos coûpables desseins,
Craignez Charles, mon Fils ; leur foudre est dans ses mains

Le prince, de ce fait, n'est pas entièrement libre d'agir à sa guise. Il a à répondre de ses actes, et ses sujets sont en droit d'attendre de lui, entre autres choses, le règlement de la justice. C'est ce droit qu'exerce Matilde en déclarant (II, 2, v. 427-8) :

Mais j'attens de mon Prince un acte solemnel,
Qu'il punisse le crime, aymant le Criminel.

Il est tenu de faire respecter la loi par tous, sans distinction. La puissance ne doit mettre personne à l'abri des lois, et surtout pas le prince lui-même. Il ne faut pas prendre au pied de la lettre le contre-principe énoncé par Ferdinand (V, 3, v. 1417-1420) :

Regardez vous, Seigneur, et non pas sa personne ;
Ne luy pardonnez point, mais à vostre Couronne :
Contre un Prince si grand les loix parlent en vain ;
On respecte une mort qui touche au Souverain :

Le jugement exemplaire de Charles fera apparaître l'irrecevabilité de cette sentence. Le non-respect de la loi par un souverain constitue un acte de tyrannie. Le mot de « tyran » est prononcé au vers 1477 par Charles, conscient qu'en laissant la vie sauve à Rodolfe, il commettrait une injustice[80] (V, 3, v. 1477-1478).

S'il vit, je suis Tyran, Matilde est oppressee :
S'il meurt, je suis bon Prince, elle est recompensee.

80. L'intérêt du public serait dans ce cas bafoué. Cette situation est à comparer avec le dénouement du *Venceslas* de Rotrou, où l'intérêt général exige précisément que Ladislas soit sauvé.

Loin de chercher à épargner son entourage, le prince doit au contraire se dépouiller de ses sentiments humains pour — se réglant sur le Ciel — devenir un prince *juste*.

La mise en scène du prince :

Les puissances célestes interviennent tout au long de la pièce, et particulièrement comme inspiratrices des décisions de Charles qui, de ce fait, correspond exactement à la représentation traditionnelle du prince bras de Dieu sur terre. Quarante-quatre occurrences du mot « Ciel » ou de son équivalent au puriel, « Cieux », apparaissent dans le texte. Pour quatre d'entre elles, il s'agit d'exclamations du type *ô Ciel* ou *Juste Ciel*[81]. Les autres démontrent une participation effective du Ciel dans le drame.

Matilde conserve grâce à lui son honneur. A plusieurs reprises, les personnages manifestent leur admiration pour cette protection miraculeuse. C'est le cas dans le dialogue entre Frédégonde et Rodolfe (III, 4, v. 885-896), ou encore dans la réplique de Ferdinand (V, 4, v. 1585-1590) :

Donc Matilde est sans tache ? ô Ciel ! ô Providence !
Des tenebres tu mets sa gloire en évidence :
Sans force, évanoüie, en un si grand besoin
Le Ciel la conserva, le Ciel en prit le soin ;
Sauver sa pureté, la rendre manifeste
C'est un don, c'est un trait de la faveur celeste.

Mais surtout le Ciel manifeste constamment sa présence auprès de Charles en position d'auxiliaire, le guidant sur la voie de la justice. Il lui donne la lucidité nécessaire pour démêler la vérité du mensonge. Ainsi le prince dissuade-t-il Rodolfe de poursuivre ses explications confuses (II, 3, v. 619-621) :

N'acheve pas ce faux raisonnement :
Je parleray pour toy dans ton estonnement ;
Le Ciel m'ouvrant l'esprit y répend sa lumiere.

---

81. Voir les vers 741, 801, 1025, 1179.

Avec l'aide du Ciel, Charles combat les élans d'affection qui auraient pu le retenir de condamner, et trouve, dès le début, la force de ne pas fléchir. Tout en exprimant sa souffrance de devoir châtier Rodolfe, il fait preuve d'une volonté de fermeté qui ne se dément jamais (II, 3, v. 647-648) :

L'amour m'arreste encore, et me dit : Pardonnons ;
Mais le Ciel dit : Condamne. Il le faut : condannons.

Face aux supplications de Frédégonde, Charles reçoit en quelque sorte la révélation du devoir à accomplir (III, I, v. 727-734), et lorsqu'il prend la décision de marier Rodolfe et Matilde, le Ciel lui donne la certitude d'agir pour le bien (III, 2, v. 799-802). Le Ciel et le prince s'associent dans un effort commun pour faire triompher la justice. L'arrêt du Ciel et celui de Charles ne sont qu'une seule et même chose (III, 2, v. 820).

La représentation du duc comme exécutant terrestre des volontés du Ciel et la position qu'il occupe au cœur de l'intrigue nous obligent à réfléchir sur la « valeur sociopolitique »[82] du personnage princier dans cette pièce. Charles concentre l'ensemble de l'action autour de sa personne et de son jugement. Cette position privilégiée correspond à une volonté évidente d'idéalisation. L'idéalisation du prince est un phénomène présent dans l'ensemble du théâtre du XVIIe siècle qui, comme le rappelle Polycarpe Oyie Ndzie, « s'identifie à un énorme reflet spectaculaire de l'idéologie monarchique ».

Charles est absent du Ier et du IVe acte. Cependant cette absence le rend plus présent encore. Il n'apparaît qu'à la scène 2 de l'acte II, mais son retour prochain conditionne

82. Nos observations se sont enrichies des réflexions de Polycarpe Oyie Ndzie dans son article, « Auguste et l'héroïsme cornélien : de la "magnitudo animi" à la "magnanimitas" », *Pierre Corneille*, Actes du Colloque tenu à Rouen du 2 au 6 octobre 1984 (A. Niderst éd.), P.U.F., 1985, p. 451-453.

l'activité des personnages durant l'exposition. De même, il quitte le devant de l'action à partir de la scène 3 de l'acte III, et ne reviendra que pour le Ve acte. Mais son jugement occupe tous les esprits au cours des sept scènes situées au centre de la pièce. Le jugement constitue le fil unique de l'intrigue. Entouré du plus grand mystère, il suscite d'abord l'étonnement puis l'admiration.

On relève dans la pièce six occurrences du mot *jugement.* Toujours écrit en capitales, et le plus souvent associé à une épithète, il apparaît à des moments clés du drame. Et les adjectifs qui lui sont associés, d'abord péjoratifs puis élogieux, reflètent l'évolution de l'action.

C'est Ferdinand qui le prononce pour la première fois (III, 2, v. 809-810), lorsqu'il supplie Charles de revenir sur sa décision de marier Matilde et Rodolfe :

Que dira l'Univers, qui vous croit équitable,
D'un JUGEMENT cruel, horrible, épouventable ?

Le titre est presque reconstitué, mais pour être nié aussitôt, puisque *jugement* est associé non pas à *équitable* mais à *épouvantable*.

La deuxième occurrence est mise dans la bouche de Ferdinand (IV, 3, v. 1184), lorsque Dionée lui révèle la présence de Rodolfe sur l'échafaud. Cette fois, il manifeste sa surprise, et son admiration :

Quel esprit eust conceu ce divin JUGEMENT !

A la fin de l'acte IV, Matilde s'interroge sur ce jugement extraordinaire aux multiples changements de face (IV, 4, v. 1235) :

Que de trouble accompagne un si grand JUGEMENT !

C'est Charles qui prononce les trois dernières occurrences du mot, d'abord en donnant la signification de son jugement exemplaire (V, 3, v. 1467-1472) :

[...]
Rodolfe ayant payé de ses biens, de sa foy,
Est quite envers l'honneur ; mais il doit à la loy ;

Le tort est reparé, non le crime et le vice ;
L'honneur est satisfait, et non pas ma Justice ;
Le JUGEMENT rendu, non pas tout achevé ;
Et l'exemple se perd si Rodolfe est sauvé ;
[...]

puis, après la mort de Rodolfe ; le mot se charge alors d'une valeur tragique :

Et laissez moy pleurer ce fatal JUGEMENT.
(V, 4, v. 1604)
Ah ! cruel JUGEMENT, où je perds ce que j'ayme !
Ah ! cruel JUGEMENT donné contre moy-même !
(V, 5, v. 1605-6)

Le mystère entourant ce jugement dont la tencur est gardée secrète jusqu'à la fin, la solitude de Charles, son silence sur ses intentions, tout contribue à magnifier la figure du personnage princier, à lui conférer un caractère exceptionnel.

Le prince semble être d'une nature différente de celle des autres hommes. Il possède sur les événements et les hommes une science qui va au-delà du savoir commun. Charles *sait* que sa décision est juste, que chacun l'admirera et qu'elle passera à la postérité[83]. Cette lucidité va de pair avec une force et une volonté extraordinaires qui le rendent pleinement apte à « assumer tous les attributs monarchiques »[84].

En s'en rapportant à Charles pour obtenir réparation, Matilde lui avait demandé d'accéder à un degré supérieur d'héroïsme (II, 2, v. 439-444) :

C'est peu d'estre nommé, d'un titre glorieux,
Que le sang vous donna, qui vient de vos Ayeux,
Souverain de Bourgoigne et des dix sept Provinces ;
Ajoûtez à ces noms, le plus juste des Princes :
Qu'on vous nomme Hardy parmy les Conquerans,
L'autre nom est de Prince, et convient mieux aux Grands ;

83. Voir les vers 811 à 818.

84. Polycarpe Oyie Ndzie, *op. cit.*, p. 453.

c'est-à-dire de passer de la « magnitudo animi » à la « magnanimitas ». Dans la « structure à deux étages »[85] de l'héroïsme royal, le premier degré consacre la valeur *individuelle* du prince, sa force, son courage ; le second se rapporte à la valeur de *groupe*, à la grandeur de sa vision *morale* et *sociale*. En accomplissant ce *Jugement équitable*, Charles acquiert au sens plein du terme la dignité de *prince*.

Le titre de la tragédie — par son caractère élogieux, mettant en valeur l'acte juste et exemplaire, par la mention du nom du souverain, de son surnom et de son titre — annonce une telle idéalisation.

V] Une esthétique de la suspension et de la surprise

Le dilemme fondamental auquel Charles est confronté dès l'acte II — comment choisir entre l'affection pour un favori et l'exigence de justice ? — paraît résolu à la fin de ce même acte. Le cri de Matilde et son évanouissement, à l'annonce de la mort d'Albert, apportent la preuve de la culpabilité de Rodolfe, qui se confond bientôt par ses propres mensonges. Il est envoyé en prison.

Or l'acte III est dominé par la décision « scandaleuse » de Charles, qui veut marier Matilde avec Rodolfe, la victime avec son bourreau. Tout d'abord l'attitude ambiguë du prince, dans la première scène de l'acte III, crée un effet de suspension remarquable. Mareschal s'est inspiré du texte de la *Chronique de Bourgogne*, dans lequel le duc écoute attentivement les propos des parents du meurtrier, avant de faire lui-même une déclaration très absconse qui amène tous les courtisans à s'interroger sur ses intentions véritables. Mareschal a exploité durant une centaine de vers cette ressource dramatique avant de faire éclater le premier coup de théâtre. Au moment même où Matilde réclame la tête du coupable, le prince rend un jugement qui paraît

85. La formule est de Marc Fumaroli, *op. cit.*

alors totalement injustifié : celle qui fut violée et rendue veuve par Rodolfe, lui est offerte, en punition de ses crimes, comme épouse légitime. Ferdinand exprime le sentiment commun qui est l'étonnement mêlé d'indignation. Charles, connaissant la valeur de son geste, prédit à cette action une postérité jusque sur le théâtre, justifiant ainsi la pièce qui est en train de se jouer. Le prince paraît d'autant plus tyrannique qu'il ordonne à l'amoureux de Matilde de *disposer* la jeune femme à ce mariage.

Intervient alors un second effet de suspension : on annonce qu'un spectacle va être offert à l'occasion des noces — c'est le motif de la comédie au château étudié naguère par R. Chambers et G. Forestier[86] —, mais les propos de Léopolde au sujet de la représentation qui va avoir lieu, sont à la fois mystérieux et inquiétants. C'est *une tragédie*, et non *un Ballet*. Elle est conçue pour produire beaucoup d'effet puisque le capitaine des gardes la qualifie de *grande et hardie* ; en outre Charles souhaite en *renforcer la fin*. L'emploi des indéfinis (*d'autres*, *tel*, *on*, *un Personnage*) entretient le mystère sur l'identité des acteurs, le nom de la pièce, le rôle de chacun. Léopolde insiste sur le faste dont Charles veut entourer le spectacle et sur la publicité qu'il désire donner à l'événement.

Les termes ambigus employés par Léopolde pour évoquer cette tragédie ne pourront être compris qu'au dénouement, par les personnages comme par les spectateurs. Nous comprendrons alors que Mareschal a soigneusement construit un effet de *mise en abyme*, à l'image de certaines peintures flamandes, où un petit miroir convexe réfléchit l'ensemble du tableau en miniature. L'adjectif *hardie* rappelle le surnom du prince et le titre de

86. R. Chambers, *La Comédie au château* ; G. Forestier, *Le Théâtre dans le théâtre sur la scène française du XVIIe siècle.*

la pièce. Les acteurs, ce sont, dit Léopolde, *les plus grands de la Cour*. Lorsqu'il déclare, en parlant de la tragédie qu'*on l'étudie encore*, il fait allusion en termes voilés à l'enjeu des deux derniers actes de la pièce et aux apparentes hésitations de Charles à parfaire son *Jugement équitable* en ordonnant la mort de son favori.

L'acte s'achève ainsi sur la joie éprouvée par Rodolfe et sa mère, selon le procédé couramment employé dans la tragédie qui consiste à montrer les personnages en plein bonheur juste avant un dénouement malheureux.

Cet effet de suspension si savamment entretenu à la fin de l'acte III préparait le second coup de théâtre, retardé jusqu'à la scène 3 de l'acte IV : la tragédie annoncée se révèle être un vrai spectacle tragique constitué par l'exécution publique de Rodolfe. Cette révélation est d'autant plus surprenante qu'elle est d'abord longuement différée par les plaintes amoureuses de Ferdinand, et qu'elle se conclut sur un nouvel effet de suspension : Charles a quitté la salle de théâtre avant d'avoir donné le signal au bourreau.

Le dénouement commence avec l'acte V. Il est construit autour de la dernière péripétie, la révélation d'identité, qui engendre le tragique. Comme tout bon dénouement de pièce classique, celui-ci découle naturellement du nœud : la révélation d'identité ne survient pas de manière arbitraire, comme une fin plaquée sur le reste de l'action. Elle est en germe depuis le début, du fait que le personnage révélateur, Frédégonde, est présent dès l'exposition, acharné à défendre Rodolfe. La révélation n'est employée que comme ultime moyen de lui sauver la vie. Afin que cette révélation ne semble pas artificiellement placée au Ve acte, Frédégonde en laisse échapper quelques mots dans sa première supplique adressée au prince. Le titre de favori et le lien d'affection unissant Charles et Rodolfe jouent par ailleurs le rôle d'indices[87].

---

87. Notons ici l'utilisation du thème de la *voix du sang* qui accompagne souvent les reconnaissances : la voix du sang se

L'intérêt de cette pièce réside dans le fait que la reconnaissance n'entraîne pas le pardon. La volonté de Charles reste la même après la révélation d'identité. Cependant la fermeté du prince ne doit pas pour autant apparaître comme de l'insensibilité. C'est pourquoi la peine de Charles s'exprime à travers une rhétorique du pathétique : les interrogatives, les exclamatives, l'emploi du champ lexical de la douleur en sont les principales caractéristiques. A aucun moment pourtant, le personnage ne se montre faible ou velléitaire. L'expression de la souffrance n'est là que pour faire apparaître la difficulté de l'acte à accomplir. La volonté prend à chaque fois le pas sur les sentiments ; et à trois reprises, Charles confirme la sentence qui envoie Rodolfe à la mort.

Enfin, tout concourt à faire du récit de l'exécution un morceau de pathétique : l'émotion de l'assistance, les larmes de Frédégonde, le rang des condamnés, leur courage, la jeunesse de Rodolfe, et la communication de ses dernières volontés. Les répliques émues de Charles interrompent la narration, renforçant l'effet pathétique du discours.

Ainsi l'action du *Jugement équitable* repose-t-elle sur une dramaturgie du secret, et non — comme c'est souvent le cas dans la tragédie classique — sur une évolution psychologique du personnage passant du refus à l'acceptation de son destin tragique. La décision de Charles est prise dès le début, mais il conserve jusqu'à la fin le mystère sur ses intentions. On observera que, contrairement à de nombreux héros tragiques, Charles n'a pas de confident. La surprise et l'admiration, suscitées par le jugement rendu à la fin de la pièce, sont d'autant plus grandes que la suspension a été maintenue tout au long du drame.

(suite n. 87) manifeste comme une sorte d'instinct paternel qui confirme au héros ce que les preuves matérielles lui ont révélé. Frédégonde tente de renforcer le poids de ce sentiment dans le cœur de Charles.

[illegible]

LE TEXTE DE LA PRÉSENTE ÉDITION

a) *Le Jugement équitable de Charles le Hardy, dernier duc de Bourgoigne*, tragédie.

Paris, Toussainct Quinet, 1645.

In-4°, 4 ff ; 97 p. Bibliothèque Nationale de France : Microfiche Yf 489

Description :
(I) Frontispice gravé
(II) Verso blanc
(III) Page de titre : LE / IUGEMENT / EQVITABLE / DE / CHARLES / LE HARDY / DERNIER DVC / DE BOURGOIGNE / TRAGEDIE./ Vignette / A PARIS,/ Chez TOVSSAINCT QVINET, au Palais sous la / montée de la Cour des Aydes. / M.DC.XLV./ Avec Privilege du Roy.
(IV) Verso blanc
(V-VII) Dedicace au comte de Ransau
(VIII) Personnages

Autres éditions consultées :

Edition de 1645 :	B.N.F.	Rés. Yf 251
Edition de 1646 :	Bibliothèque de l'Arsenal Rf 6529	
	B.N.F.	Rés. Yf 498 (1)
	B.N.F.	Yf 490

Toutes les éditions sont identiques, mais l'exemplaire Yf 490 de la B.N.F. porte, par erreur, au vers 857 :

« Honneur, *victime* ensemble et le prix d'un Barbare ; ».

PONCTUATION :

Le point-virgule est fréquemment confondu avec la virgule et les deux points.

Nous ne modifions la ponctuation que lorsque le sens peut être mis en cause, et éventuellement pour faciliter la lecture. Des virgules remplacent les points-virgules dans les vers dont les numéros suivent :

Acte I : 7, 25, 113, 171, 185, 197, 209, 235, 282.
Acte II : 443, 540, 565.
Acte III : 693, 753, 797, 820, 867.
Acte IV : 1005, 1166, 1168, 1195, 1237, 1238, 1253, 1259.
Acte V : 1305, 1306, 1367, 1477, 1478, 1483, 1558.

Aux vers 647, 648, 693, 1543, 1547, 1551 et 1558, nous rétablissons l'usage moderne des deux points et points-virgules, intervertis dans le texte.

ORTHOGRAPHE :

Les *j* et les *v* remplacent les *i* et les *u*. La voyelle nasale *an* remplace la voyelle surmontée d'un tilde (ã).

LE DÉDICATAIRE

La pièce fut offerte par Mareschal « a HAVT ET PVISSANT SEIGNEUR MESSIRE IOSIAS COMTE DE RANSAV, LIEVTENANT GENERAL DV ROY dans ses Armées commandées par Son Altesse Royale, et Mareschal de France. »

La dédicace se limite aux compliments d'usage. L'auteur ne parle pas de sa tragédie. Voici les quelques renseignements que nous avons pu recueillir sur le dédicataire :

RANTZAU ou RANSAU (Josias, comte de), grand capitaine, né en 1609 au Danemark, originaire d'une ancienne famille du Holstein. « A des dehors avantageux, il joignait beaucoup d'esprit et parlait avec facilité les principales langues de l'Europe. Ses manières plurent à Louis XIII, qui le nomma maréchal de camp et colonel de deux régiments » (Michaud, *Biographie universelle*). Il prit part à de nombreuses campagnes sous les ordres du duc d'Orléans ou du duc d'Enghien (le futur prince de Condé). Nommé lieutenant général le 22 avril 1644, il reçut en juillet 1645 le titre de maréchal de France, après avoir promis d'abjurer le luthéranisme. C'est à cette occasion que Mareschal lui dédia son *Jugement équitable*.

BIBLIOGRAPHIE

Œuvres théoriques

ARISTOTE, *Poétique*, introduction, traduction nouvelle et annotations de Michel Magnien. Paris, Librairie générale française, 1990. (Le Livre de Poche classique).

CORNEILLE Pierre, *Discours de la tragédie et des moyens de la traiter selon le vraisemblable ou le nécessaire*, in CORNEILLE, *Œuvres complètes*, [G. Couton éd.], Bibliothèque de la Pléiade, Paris, Gallimard, 1987 (vol. III).

CHAPELAIN Jean, *Opuscules critiques*, [A. Hunter éd.], Paris, Droz, 1936.

Instruments de travail

HAASE et OBERT, *Syntaxe française du XVIIe siècle*, Paris, Delagrave, 1975.

Dictionnaire de l'Académie Françoise, Paris, J.-B. Coignard, 1694. [Réimp. : Genève, Slatkine Reprints, 1968].

FURETIÈRE Antoine, *Dictionnaire universel* […], La Haye-Rotterdam, A. et R. Leers, 1690. [Réimp. : Paris, éd. Le Robert, 1978].

RICHELET, Pierre, *Dictionnaire François* […], Genève, J.-H. Miderhold, 1630. [Réimp. : Genève, Slatkine Reprints, 1970].

DUBOIS, LAGANE et LEROND, *Dictionnaire du Français classique*, Paris, Larousse, 1988.

Sources

CHASTELLAIN Georges, *Chronique des ducs de Bourgogne*, [J.A. Buchon éd.], Collection des chroniques nationales françaises (t. XLIII), Paris, 1827.

MATTHIEU, Pierre, *Histoire de Louis XI, Roy de France et des choses mémorables advenuës en l'Europe durant vingt et deux années de son règne*, Paris, P. Mettayer, 1610.

Sur Charles le Téméraire

CHASTELLAIN Georges, *Œuvres*, [Kervyn de Lettenhove éd.], Bruxelles, F. Heussner, 1863-1866, (8 vol.).

DUFOURNET Jean, « Charles le Téméraire vu par les historiens bourguignons », [in] *Cinq-centième anniversaire de la bataille de Nancy (1477)*. Actes du Colloque organisé à Nancy du 22 au 24 septembre 1977. Nancy, Annales de l'Est publiées par l'Université de Nancy II, 1979.

FRÉDÉRIX Pierre, *La Mort de Charles le Téméraire, 5 janvier 1477*, Paris, Gallimard, 1966. (Collection « Les trente journées qui ont fait la France »).

LA MARCHE Olivier (de), *Mémoires et opuscules*, [H. Beaune et J. d'Arbaumont éd.], Paris, 1863-1866, (4 vol.).

PFISTER Christian, *Histoire de Nancy*, Nancy, Berger-Levrault, 1902. [Première réimp. : Paris, Edition du Palais Royal, 1974].

Sur la littérature et le théâtre du XVIIe siècle

Études

ADAM Antoine, *Histoire de la littérature française au XVIIe siècle*, Paris, Domat, 1948-1956 (5 vol.). [Rééd. Paris, Del Duca, 1962].

CHAMBERS Ross, *La Comédie au château. Contribution à la poétique du théâtre*, Paris, J. Corti, 1971.

DEIERKAUF-HOLSBOER Sophie-Wilma, *Le Théâtre du Marais*, Paris, Nizet, 1954-1958, (2 vol.).

— *Histoire de la mise en scène dans le théâtre français à Paris de 1600 à 1673*, Paris, Nizet, 1960.

DUREL Lionel Charles, *L'Œuvre d'André Mareschal, auteur dramatique, poète et romancier de la période de Louis XIII*, Baltimore, The John Hopkins Press ; Paris, Les Belles Lettres, 1932.

FORESTIER Georges, *Le Théâtre dans le théâtre sur la scène française du XVIIe siècle*, Genève, Droz, 1981.

— *Esthétique de l'identité dans le théâtre français (1550-1680). Le déguisement et ses avatars*, Genève, Droz, 1988.

FUMAROLI Marc, *Héros et orateurs. Rhétorique et dramaturgie cornéliennes*, Genève, Droz, 1990.

[GRIVELET Michel éd.], SHAKESPEARE William, *Mesure pour mesure = Measure for Measure*, introduction, traduction et notes par M.G., Paris, Aubier, 1957.

GUICHEMERRE Roger, *La Tragi-comédie*, Paris, PUF, 1981.

Héroïsme et création littéraire sous le règne d'Henri IV et de Louis XIII, Actes du colloque de Strasbourg (5 et 6 mai 1972), [N. Hepp et G. Livet ed.], Paris, Klincksieck, 1974.

LANCASTER H.C., *A History of French Dramatic Literature in the Seventeenth Century*, Baltimore, The John Hopkins Press ; Paris, PUF, 1929-1945 (5 parties en 9 volumes).

MOREL Jacques, *La Tragédie*, Paris, Armand Colin, 1964.

ROUSSET Jean, *La Littérature de l'âge baroque en France. Circé et le Paon*, Paris, J. Corti, 1963.

SCHERER Colette, *Comédie et société sous Louis XIII*, Paris, Nizet, 1983.

SCHERER Jacques, *La Dramaturgie classique en France*, Paris, Nizet, 1950.

Théâtre du XVIIe siècle, Introduction et notes par J. Scherer et J. Truchet, Bibliothèque de la Pléiade, Paris, Gallimard, 1975 (vol. I) et 1986 (vol. II).

TRUCHET Jacques, *La Tragédie classique*, Paris, PUF, 1975.

UBERSFELD Anne, *Lire le théâtre*, Paris, éd. Sociales, 1977.

VIALA Alain, *Naissance de l'écrivain*, Paris, Minuit, 1985.

Articles

FORESTIER Georges, « Théorie et pratique de l'histoire dans la tragédie classique », *Littératures Classiques* 11, 1989, p. 95-107.

— « Corneille, poète d'histoire », *Littératures Classiques*, Supplément au n° 11, 1989, p. 37-47.

— « De la modernité anti-classique au classicisme moderne. Le modèle théâtral (1628-1634), *Littératures Classiques* 19, 1993, p. 87-128.

LANCASTER H.C., « A Classic French Tragedy based on an anecdote told of Charles the Bold », *Studies in honour of A. Marshall Elliott*, Baltimore,The John Hopkins Press, 1911, (2 vol.), p. 159-174.

MAUBON Catherine, « Pour une poétique de la tragi-comédie : la *préface* de la *Généreuse Allemande* », *Rivista di Letterature Moderne et Comparate*, décembre 1973, p. 245-258.

— « Liberté et servitude tragi-comiques dans le théâtre d'André Mareschal », *Saggi e Ricerche di Letteratura Francese*, vol. XIII, 1974, p. 29-51.

OYIE NDZIE Polycarpe, « Auguste et l'héroïsme cornélien : de la "magnitudo animi" à la "magnanimitas" », in *Pierre Corneille*, Actes du Colloque tenu à Rouen du 2 au 6 octobre 1984 (A. Niderst éd.), Paris, P.U.F., 1985, p. 451-453.

Editions modernes de pièces de Mareschal

[DESVIGNES Lucette éd.], *La Cour bergère, ou l'Arcadie de Messire Philippe Sidney*, tragi-comédie d'André Mareschal. Etude critique. Publications de l'Institut d'Etude de la Renaissance et de l'Age classique de l'Université de Saint-Etienne, Saint-Etienne, 1981, (2 vol.).

[DOTOLI Giovanni éd.], *Le Railleur* ou *La satire du temps*, comédie d'André Mareschal, texte établi, annoté et présenté par G.D., Bologna, Patron, 1973.

LE JUGEMENT ÉQUITABLE
DE
CHARLES LE HARDY,
DERNIER DUC DE
BOURGOIGNE

TRAGÉDIE

A PARIS
Chez TOUSSAINCT QUINET, au Palais sous la montée de la Cour des Aydes.

M.DC.XLV

Le jugement équitable de Charles le Hardy, dernier duc de Bourgoigne Tragédie

Personnages

CHARLES	Duc de Bourgoigne.
RODOLFE	Son Favory Gouverneur de Mâstric.
FREDEGONDE	Mere putative de Rodolfe.
FREDERIC	Lieutenant de Rodolfe, et son Cousin.
MATILDE	Femme d'Albert.
FERDINAND	Amy d'Albert, et Amant*[1] de Matilde.
DIONEE	Damoiselle de Matilde, et Confidente de Ferdinand.
RUTILE	Cavalier* de Rodolfe.
LEOPOLDE	Capitaine des Gardes.
GARDES	Du Duc Charles.

La scène est à Mâstric[2], dans une sale du Chasteau.

1. Les astérisques renvoient au glossaire.

2. *Mâstric :* Maastricht francisé, de même que tous les noms étrangers au XVIIe siècle. Les Provinces-Unies des Pays-Bas appartenaient aux ducs de Bourgogne.

LE JUGEMENT EQUITABLE DE CHARLES LE HARDY, DERNIER DUC DE BOURGOIGNE, TRAGEDIE.

ACTE PREMIER

SCENE PREMIERE

RODOLFE, MATILDE, FERDINAND, DIONEE, FREDERIC.

RODOLFE,
aprés avoir parlé à l'oreille à Frederic.

Observez, Frederic, ce que je viens de dire :
Suivez le, Ferdinand : Et vous, qu'on se retire ;
La suite se retire.
L'importance du fait n'admet point de suivant,
Et rend presque suspects le jour, l'air, et le vent.
[2] Voyez donc vôtre Amy, dont la prison[3] m'afflige ;
Qu'il juge à quoy ma charge, à quoy l'Estat m'oblige :
S'il confesse son crime, au lieu de le preuver[4]

---

3. L'emprisonnement.

4. Les deux formes (*prouver* / *preuver* ; *trouver* / *treuver*) coexistent jusque vers le milieu du XVIIe siècle.

J'en fay l'excuse au Prince, et pretens* le sauver ;
Voyez le donc, allez : Aprés, qu'on nous l'ameine
Pour parler à Matilde en la chambre* prochaine* :
Frederic emmeine Ferdinand.
Là vous verrez, Madame, et hors des yeux de tous
Ce trop cher Criminel, ce miserable* Epoux.

MATILDE

Seigneur, changez ces noms : son sort est déplorable* ;
Mais il n'est criminel, ni Mary miserable :
Ma vertu luy rendoit nôtre hymen glorieux ;
La sienne l'affranchit d'un crime injurieux :
Je l'estime et le nomme, en cette conjoncture,
Un innocent Mary, que charge* une imposture.

RODOLFE

Vous loüez ses vertus, ignorant ses deffaux :
Jugez par cet écrit si l'on l'accuse à faux ;
Reconnoissez son sein[5] ; voila son écriture :
Oyez un innocent, que charge une imposture.
Rodolfe luy lit une lettre d'Albert son mary.

A LOUYS, ROY DE FRANCE.

Avance* tes exploits ;
Si Liege est impuissante à soûtenir ses droits,
[3] Si Charles avec toy, malgré toy, l'environne*,
On traite mieux icy l'honneur de ta Couronne ;
LOUYS force* un Vassal qui croit forcer les Roys,
Fay de tous ses Estats un degré de ton trône,

5. *Sein :* seing, signature.

Viens nous rendre François[6] ;
Mâstric te peut vanger de l'affront de Peronne[7].

ALBERT

Rodolfe continue

Un Innocent auroit-il ce dessein[8] ?
Est-ce un traître ? est-ce Albert ? et n'est-ce pas son sein ?
Qu'eust fait un Gouverneur, dont on promet la Place[9] ?
Suis-je dedans Mâstric ? Ou si LOUYS m'en chasse[10] ?
Charles n'en est-il pas le Maître souverain ?
Suivrons-nous* des Liegeois la revolte et le train* ?
Comme[11] ils sont assiegez, presque incertains de vivre,
Leur crime fournit-il un exemple à les suivre ?
Albert nous veut jetter dans un mal si pressant* :
Il est pris : Suis-je juste ? ou s'il est innocent ?
Madame, jugez-en, mettez vous en ma place,
Parlez.

---

6. *Viens nous rendre François :* vers de 6 syllabes : les chansons, les stances et les lettres constituaient, au sein du poème dramatique, des lieux de relative liberté à l'égard du matériau textuel. De même, on peut remarquer que les rimes des vers 27 à 30 ne sont pas suivies, mais croisées.

7. Voir Introduction p. XXXVIII-XXXIX.

8. Les deux syllabes d'ALBERT participent au décompte syllabique de ce vers.

9. Ville, place forte.

10. « De deux propositions interrogatives affirmatives coordonnées, la seconde pouvait être (...) amenée par *si*, comme l'interrogation indirecte. » (Haase) Il y a dans *si* une valeur adversative. Il faut comprendre : « ou est-ce que au contraire... ? » (Voir aussi vers 40 : *Suis-je juste ? ou s'il est innocent ?*

11. Sens temporel : alors que.

MATILDE

Comment parler, si mon sang est de glace ![12]
Mon cœur* tremble d'horreur, et ma langue d'effroy :
Quoy ? trahir son Pays ? s'entendre avec le Roy ?
Entrer contre son Prince en un party contraire* ?
Albert eut ce dessein ? Albert l'auroit pû faire ?
[4] Non, son sein ; non, mes yeux ; sa vertu vous dément.
Ah ! Seigneur, suspendez un peu ce jugement :
Quels soldats a-t'on veus ni hors ni dans la Ville[13] ?

RODOLFE

LOUYS est devant Liege, en peut fournir dix mille[14] :
Il est perdu, Madame ; il n'y faut plus réver[15] :
Mais pour l'amour de vous tâchons de le sauver.
Vous sçavez ma faveur, mon rang auprés du Prince,
Mon pouvoir dans Mâstric, dans toute la Province :
Pour obtenir sa grace, et gagner vôtre cœur,
J'employ'ray tout, Madame, et pouvoir et faveur ;
Il ne tiendra qu'à vous, secondant mon envie,
Qu'il ne doive à tous deux son salut et sa vie.

MATHILDE

Il ne tiendra qu'à moy ? Seigneur, que dittes-vous ?

---

12. Le point d'exclamation était initialement placé après *Comment parler*.

13. *Quels soldats a-t'on veus ni hors ni dans la ville ?* : « L'emploi de *ni* et *et* au XVIIe siècle (...) hésite souvent entre l'une ou l'autre de ces conjonctions. » (Haase).

14. Invention au service de l'intrigue : à Liège Louis XI était le prisonnier de Charles. Il n'aurait donc pas pu tenter un coup de force.

15. Penser, songer.

RODOLFE

Mais que ne dy-je pas, en sauvant vôtre Epoux ?

MATILDE

Que vous avez un cœur puissant et magnanime.

RODOLFE

Pour épargner ma voix, par l'effect* il s'exprime.

[5] MATILDE

Ouy, cet effet me dit quelles sont vos bontez.

RODOLFE

Plustôt quels sont mes feux, et quelles vos beautez ;
Que j'honore Matilde, en un mot que je l'ayme :
Entendez mes soûpirs ; ils le disent de méme.

MATILDE

J'en ay trop entendu : Rodolfe, où sommes-nous ?

RODOLFE

Sur le poinct de sauver moy-méme, et vôtre Epoux :
Dans un danger mortel exposez l'un et l'autre
Il est mon Criminel, et moy je suis le vôtre ;
Nous meritons la mort tous deux également,
Luy comme un Ennemy, moy comme vôtre Amant* :
Vous gouvernez mon sort ; je fay sa destinée ;
Si vous me condamnez, sa sentence est donnée ;
Vous sauvez ou perdez* l'un et l'autre aujourd'huy :
Conservez* le par moy, conservez moy par luy :

Je tiens son corps captif ; vous captivez* mon ame ;
Ses lyens sont de fer, et les miens sont de flame :
Plus à plaindre que luy dans nos divers[16] lyens,
Lors que je romps ses fers, je redouble les miens[17].

MATILDE

[6] Qu'ay je oüi ? vous m'aymez ? vôtre bouche l'exprime ?
Albert, je t'ay perdu* ; son amour est ton crime.

RODOLFE

Non ; mais le seul moyen à son salut offert :
Ou je vy par sa vie, ou ma perte le pert :
Choisissez.

MATILDE

Quelle injure* à ce choix me convie !
Que je perde l'honneur, ou qu'il perde la vie ?
Ce qui vous feroit vivre est proprement ma mort,
Et sur moy seule enfin doit tomber tout le sort ;
D'un et d'autre côté ce sort me vient poursuivre ;
Si vous vivez, je meurs ; s'il meurt, je ne puis vivre.
Qu'Albert meure pourtant ; je conclus* son trépas ;

---

16. Opposés, contraires.

17. La réplique de Rodolfe, fondée sur la figure de l'antithèse, s'inspire du texte de P. Matthieu, source de la tragédie. A la jeune femme implorant la grâce de son mari, le gouverneur répond : *Et comment presentez-vous des prieres à celui dont vous tenez toutes les volontez sous vos loix, rendez-moy à moy et je vous rendray vostre mary ; il est mon prisonnier et je suis le vostre, il est en vostre pouvoir de nous mettre tous deux en liberté.* (Voir Introduction p. XXIV).

Sa vie et mon honneur ne se balancent[18] pas :
Luy-méme contre luy dans ce choix miserable*
M'inspire combien l'un à l'autre est preferable ;
Qu'estant son propre honneur dans le mien confondu,
Si par là je le sauve, il se croit plus perdu :
Un grand cœur soufre moins, quand le sort le surmonte*,
A mourir innocent, qu'à vivre dans la honte :
Puis, quand il seroit tel que vôtre amour le rend,
Pour effacer son crime, en feray-je un plus grand[19] ?
[7] Non ; qu'il meure. Qu'il meure ? Ah ! l'erreur est extréme :
Meurs plustôt, pour sauver ton honneur, et luy-méme ;
Meurs, sauve les tous deux par un effort* puissant[20] :
Quand tu ne seras plus, Albert est innocent ;
Quand tu ne seras plus, ton honneur doit s'accroître[21] ;
Quand tu ne seras plus…

RODOLFE

Moy, je cesseray d'estre :
Ayez pitié de trois ; par[22] mes vœux* enflamez,
Par Albert, par vos soins*, et vivez et m'aymez.

MATILDE

Ce qu'un poignard eust fait, ce mot seul l'effectuë :
C'est me prier de vivre, alors que l'on me tuë :

---

18. Ne peuvent être mis en balance.

19. Le texte indique *grands*.

20. Important (aujourd'hui l'emploi est plus restreint).

21. Dans le texte, on trouve *s'accraître*.

22. Au nom de.

Albert, mes soins, vos vœux ne sçauroient m'animer,
S'il faut aymer pour vivre, ou vivre pour aymer :
N'en parlons plus, Rodolfe. Et pour[23] vôtre promesse,
Laissez moy voir Albert, Seigneur, ou je vous laisse ;
Je ne demande plus qu'un moment en ce lieu,
Pour sortir de la vie, en luy disant adieu ;
Ou tenez moy parole, ou je vous en dispense[24].

RODOLFE

D'une faveur si grande est-ce la recompense ?
Vous le verrez pourtant. Frederic, avancez.
Je vous oblige au poinct que[25] vous m'en dispensez[26].

[8] SCENE II

FREDERIC, RODOLFE, MATILDE, DIONEE

FREDERIC

Albert est dans la chambre* ; il vous attend, Madame.

RODOLFE

Allez luy raconter vos rigueurs, et ma flame.

MATILDE

Vous pourez nous oüir, comme je puis le voir ;
Tous deux sommes icy dessous vôtre pouvoir.

---

23. *Pour :* conformément à.

24 En me tuant, je vous dispense de me tenir parole.

25. *Au poinct que :* au moment où

26. Je vous oblige au moment où, par votre attitude, vous me dispensez de vous obliger.

RODOLFE

Vous pouvez tout, Madame, aux lieux où je vous meine,
Le sortir de prison, et me tirer de peine :
Donnez à mon amour, donnez à son mal-heur ;
Faisons grace pour grace, et faveur pour faveur ;
Telle que vous serez, tel vous m'obligez d'estre :
N'empéchez pas ma grace à ce poinct de paraître.

MATILDE

Ce discours la corromt*, il accroît mon ennuy* ;
Retranchez le[27], ou venez l'achever devant luy
[S'adressant à Dionée :][28]
[9] Suivez nous.

FREDERIC
[retenant Dionée]

Arrestez : il ne faut point de suite :
Dans ces lieux de respect l'entrée est interdite.

DIONEE

Elle me le commande.

FREDERIC

Et je vous le deffens.

---

27. Le vers compte 13 syllabes. Dans la prononciation, l'e est élidé devant la voyelle qui suit ; il faut dire : « Retranchez *l'*ou venez l'achevez devant luy ». (Voir aussi vers 514).

28. Cette indication, ainsi que celle qui suit, plus bas, le nom de Frédéric, ne figure pas dans le texte.

DIONEE

Qu'il faut soufrir d'affronts en Cour, et chez les Grands !
Mais Ferdinand revient.

SCENE III

FERDINAND, DIONEE

FERDINAND

Sa vertu me console.
Je l'ay veu, Dionée ; on m'a tenu parole :
[10] Dans les fers sa constance a méme des appas* ;
Albert est innocent, ou le Ciel ne l'est pas :
Je le maintiendray tel, et mon sang et ma vie
Soûtiendront la Vertu lâchement asservie.
Taisez vous, mon amour ; taisez vous, interest ;
Je ne vous entends point contre un si juste arrest ;
J'égale à mon amour mon amitié fidele ;
Albert est innocent, comme[29] Matilde est belle ;
Et je doy le servir, loin d'en estre jaloux,
Et comme un innocent, et comme son Epoux ;
Albert est innocent ? Arréte, fausse joye[30] ;
Le doy-je souhaiter, encor que[31] je le croye ?
Laissons faire Rodolfe, un Juge, un Souverain ;
Voyons perdre un Rival sans y mettre la main :
Lors que le destin m'offre un espoir legitime

29. *Comme :* autant que.

30. Joie feinte, mensongère.

31. Bien que.

De posseder Matilde et sans crainte, et sans crime,
Qu'il semble avoir pitié de mes maux amoureux ;
Ma pitié pour autruy me rendroit malheureux ?
J'aymerois, je plaindrois Matilde, et ce qu'elle ayme ;
Et je n'aurois amour, ni pitié pour moy-méme ?
Point : je doy me montrer, mais[32] d'un cœur affermi,
Et mal-heureux Amant, et genereux* Amy.
Doux et secret poison d'une ame interessée*,
Cessez, espoir flatteur*, de plaire à ma pensée !
Ayant aymé Matilde, et genereusement,
Je n'empécherois pas son deuil[33] et son tourment ?
11] Quoy ? je luy laisserois ce grand sujet de larmes ?
Amour propre, interest, j'ay dissipé vos charmes :
Matilde attend mon ayde, Albert est en prison ;
Servons la, mon amour ; servons le, ma raison ;
Comme[34] constant Amant, soyons Amy fidele.

DIONEE

Et d'Amants et d'Amis ô le parfait modele !
Quoy donc ? aymer Matilde, et sauver son Mary ?

FERDINAND

Quoy ? ne luy garder pas un objet[35] si cheri ?

DIONEE

Un trait si genereux merite qu'on l'admire.

---

32. Bien plus, et même : voir les v. 455, 945, 1061-1062.

33. L'orthographe du texte est *Dueil*.

34. Voir note du vers 146.

35. *Objet :* Etre aimé.

FERDINAND

Et qui l'admireroit ? si j'offense[36] à le dire ?

DIONEE

Moy ; qui sçay vos respects et vos vœux complai-
sans*,
Qui fay de vôtre amour un secret de six ans ;
A qui, comme en depôt, vous l'avez confiée ;
Qui vous ay veu l'aymer et Fille, et mariée.

FERDINAND

Et qui, sans l'offenser d'un soûpir seulement,
Verras durer ma flame encore au monument[37] :
[12] Que ma discretion, que mon respect me coûte !
Je m'accuse en secret lors que ton cœur m'écoute :
Je te l'ay dit pourtant, il est vray, tu l'as sceu
Ce feu, qu'autre que toy n'a jamais apperceu,
Ce feu pur qui ne fait ni lueur ni fumée,
Sans ombre pour l'Amy, sans éclat pour l'Aymée.
Tu sçais qu'il emporta ce prix de nôtre foy*,
Pour s'estre declaré seulement devant moy :
Permets que je m'écrie à ton cœur qui m'écoute ;
Que ma discretion, que mon respect me coûte !

DIONEE

Dans un tourment fidele et des vœux si constants

---

36. *Si j'offense à le dire :* si je commets une offense en le disant.

37. Encore au monument : jusqu'au tombeau.

Vous éclattez* en vain, lors qu'il n'en est plus temps :
Vôtre discretion m'a cent fois étonnée* ;
Je l'ay toûjours cherie, et toûjours condamnée ;
Et cette amour, si rare en sa perfection,
Je l'appellois respect, plustôt que passion.

FERDINAND

Soit passion, respect, soit amour, Dionée,
On ne verra jamais leur course* terminée,
J'adore ainsi Matilde ; et si mon seul penser
S'étendoit plus avant, je croirois l'offenser.
Mais qu'est-elle, en ces lieux, et sans toy devenuë ?

13] DIONEE

Elle est dans une chambre* à mes yeux inconnuë,
Où Rodolfe a voulu luy-méme la mener.

FERDINAND

Qu'est-ce que par ces mots tu me fais soupçonner ?

DIONEE

Et d'où son Lieutenant m'a deffendu l'entrée.

FERDINAND

Elle a, devant[38] Albert, sa perte rencontrée.
Je crains tout de Rodolfe ; et n'ay-je pas raison ?
Albert n'est pas prés d'elle, Albert est en prison.

38. *Devant :* avant.

DIONEE

Albert est dans la chambre, ô trop jaloux martire !
Et Frederic luy-méme icy l'est venu dire.

FERDINAND

Albert n'est point sorti ; que mon cœur est blessé !
Et Frederic luy-méme avec luy m'a laissé.
Ah ! ce rapport est faux ; il m'instruit, et me trouble :
Dionée, on nous trompe ; et ma crainte redouble.
On vient : forçons la chambre ; allons ; suy* ma fureur.

[14] SCENE IV

RODOLFE, FREDEGONDE

RODOLFE

Qu'on cherche Frederic.

FREDEGONDE

Ah ! mon Fils, quelle horreur !
Quel cœur n'auroient touché ses plaintes, ses injures ?

RODOLFE

Ses plaintes sont de femme, et ne sont qu'impostures ;
Qui ne peuvent en rien rendre mon nom terni,
Et n'empécheront pas Albert d'estre puni :
C'est là ce grand sujet de troubles et d'allarmes,
Qui fait son desespoir, et qui cause ses larmes :
Sur le crime d'Albert, qu'elle veut excuser,

Elle m'en suppose un, pour vous mieux abuser ;
Elle jette des cris ; vous la croyez sans doute :
Mais une Femme parle ; une femme l'écoute :
Je sçay quelle est ma charge, au milieu de ce bruit :
Le Coûpable mourra, peut-estre avant la nuict.

[15] FREDEGONDE

Ciel[39], détourne l'effet* de cette prophetie.
Vótre vie en seroit peut-estre racourcie ;
Si le Coûpable meurt, je vous tiens en danger :
Vótre crime est couvert sous un crime étranger :
Albert est sans offense, et Matilde offensee.
Je parle, et parle en Mere, à vótre ame insensee.
Pour posseder la Femme, accuser le Mary ?
Ah ! vous deviez attendre au moins qu'il eust pery :
Mais perdre* encore Albert, ayant ravi* sa femme ?

RODOLFE

Il faut punir le crime.

FREDEGONDE

Et quelle[40] est vótre flame ?
Si les Cieux ont soufert vos coûpables desseins,
Craignez Charles, mon Fils ; leur foudre est dans ses mains[41] :

---

39. *Ciel* est ici une apostrophe, et non une interjection.

40. *Quelle :* de quelle sorte.

41. Les avertissements de Frédégonde rappellent les craintes exprimées par les parents du meurtrier, dans le texte du chroniqueur Chastellain : « Sy en vint prestement la voix au seigneur de la Hameyde [...] et à plusieurs autres seigneurs [...] lesquels [...] pesèrent le criminel danger en quel estoit leur parent, par la cognoissance qu'ils avoient de la rigueur du prince ». (Voir Introduction, p. XXX).

Il vient ; et ce rapport qu'un Cavallier[42] assure
Dans la chambre tantôt m'a fait faire ouverture :
Deux soldats de la garde ont donné cet avis ;
Qu'aussi-tót Frederic par mon ordre a suivis :
Je venois vous le dire, alors qu'entrée à peine
J'ay veu... Mais il revient.

[16] RODOLFE

Laissons luy prendre haleine.
Madame, allez sans crainte et sans émotion
Disposer le Château pour sa reception.

SCENE V

RODOLFE, FREDERIC.

RODOLFE

Charles vient, Frederic ; a-t'on ouvert la Ville ?

FREDERIC

Ouy, Seigneur ; et je viens d'y recevoir Rutile :
Mandé vers son Altesse, en sa commission[43]
Il a suivi vótre ordre, et mon instruction ;
Il a montré d'Albert et la lettre et le crime,
Fait naître au cœur du Prince un soupçon legitime ;
Qui pour vótre assurance* employant ses travaux*

42. Il s'agit de Rutile (voir II, 1).

43. Charge ou mission temporaire.

Suit icy ce Courier avec mille chevaux.
Il[44] vient ; n'en doutez point ; c'est ce qu'il nous rapporte ;
Que nous ont fait sçavoir deux soldats de la Porte ;
[17] Où Madame a voulu que j'allasse le voir,
Et pour le faire entrer, et pour le mieux sçavoir.
Mais, Seigneur, qu'avez-vous ? quelle est cette tristesse[45] ?

RODOLFE

Charles vient, Frederic ; j'admire* sa vîtesse ;
Sa diligence* étonne* autant qu'elle surprend ;
Et l'honneur qu'il me fait rend mon trouble plus grand ;
Comment ? quiter le siege ? et quiter LOUYS méme ?
Je le crains d'autant plus qu'il témoigne qu'il m'ayme.

FREDERIC

Ne craignez rien ; suivez vos desirs enflamez :
Tout, tout vous est permis, puis qu'enfin vous aymez ;
Tout crime est beau, qui gagne et donne une Maîtresse.
Admirez, aprés tout, ma feinte* et mon adresse* ;
Comme j'ay suivi l'ordre, et conduit vos desseins ;
Et fait tomber sans peur[46] la proye entre vos mains :
Par cette invention Matilde enfin seduite*,
Jusque dedans la chambre et par vos mains conduite,

44. *Il :* Charles, le second *il* désignant Rutile.

45. Gravité.

46. *Sans peur* ne se rapporte qu'à l'infinitif *tomber*, et non à l'ensemble du groupe verbal.

N'y treuvant point Albert qu'elle a crû[47] consoler,
Aura treuvé du moins un autre à qui parler.
Qu'avez-vous emporté ?

RODOLFE

Tout ; si l'on veut la croire :
Mais son opinion fait toute ma victoire :
[18] Croy la ; j'auray tout pris : croy moy ; je n'ay rien eu.
Apprens donc un mistere à tes sens inconnu.
Aprés mille combats, aprés mille prieres,
Pour emporter Matilde et ses faveurs dernieres,
La voyant endurcie et ferme en ses refus :
Albert pay'ra pour tout ; vous ne le verrez plus ;
Poursuivez, ay-je dit, vôtre rigueur extréme ;
Vous instruisez la mienne ; et j'en feray de méme ;
Je m'en vay de ce pas percer son traitre sein.
Et de faict, je faignois d'aller à ce dessein :
Quand j'ay veu sur mes pas, d'une crainte inoüie,
Comme morte tomber Matilde évanoüie :
Son corps estoit de glace, et son teint sans esclat[48] ;
Et je la treuvois belle encore en cet estat ;
Une telle foiblesse invitant à la force,
Cet objet de pitié n'a servi que d'amorce ;
Et je voyois combattre en cet estrange sort,

47. Qu'elle croyait aller consoler.

48. « Elle se void reduite entre la honte et la craincte, la rougeur, puis la palleur peinte sur son visage tesmoignent l'une et l'autre passion pour la honte de perdre son honneur, (...) et la crainte de ne recouvrer son mary. Le Gouverneur ne luy donne pas le loisir de se recognoistre ny de prendre party, car croyant qu'elle estoit en estat de ne luy rien oser refuser, il prend du corps ce qu'il ne pouvoit avoir du cœur. » (Pierre Matthieu, *Histoire de Louys XI*, voir Introduction p. XXIV).

Dessous les mesmes trais, et l'Amour et la Mort[49] :
Mais au poinct que l'Amour forçant ma retenuë
Alloit s'en rendre maîstre…

FREDERIC

Est-elle revenuë[49bis] ?

RODOLFE

Non.

FREDERIC

Contre un si grand bien qu'est-il donc arrivé ?

RODOLFE

19] Ma Mere, Frederic ; elle m'en a privé :
Ah ! mon mal-heur est grand, et n'est pas reparable !
A tout autre la chambre estoit impenetrable :
Mes gens forcez d'ouvrir ont cedé par respect.

FREDERIC

Son ordre, en m'éloignant devoit m'estre suspect ;
Elle m'a sur ce temps envoyé vers la Porte.

---

49. La représentation allégorique de l'Amour et de la Mort en combat singulier, empruntant tous deux les traits de Matilde, l'audace d'une image qui mêle l'érotisme et la mort, tout cela est représentatif de l'esthétique baroque.

49*bis*. Est-elle revenue à elle ? A-t-elle repris ses esprits ?

RODOLFE

La honte, le dépit, la colere m'emporte[50] ;
Je querelle et destins, et Cieux, à ce sujet ;
Et je ne puis ni voir, ni quiter cet objet[51].
Par un pieux secours, à quoy[52] le Ciel l'incite,
Ma Mere fait qu'en fin la Morte ressuscite ;
Qui rejettant ses bras, qu'elle croyoit les miens,
Au milieu de ses cris la connoît* par les siens :
Son geste exprime assez, il luy sert de parole ;
L'autre l'entend de mesme, et sans voix la console :
Tout semble m'accuser, l'état, le lieu, l'endroit :
Fredegonde le craint, et Matilde le croit ;
Et n'osant s'expliquer par honte et bienseance[53],
Cet entretien muet confirme leur creance* ;
Toutes deux font effort de s'entendre à mentir :
Moy, j'ayde à ce mensonge, et feints d'y consentir ;
Pour rendre un jour par là Matilde plus traitable,
Et par un feint plaisir aller au veritable :
[20] Ainsi, pour avancer* ma propre passion,
Contre elle je me serts de son opinion ;
Je veux par elle abbatre et vaincre son courage.

FREDERIC

Ce pendant en tous lieux elle porte sa rage ;

50. Héritage de la syntaxe latine. L'accord se fait parfois avec le dernier mot.

51. Spectacle, image.

52. *A quoy :* forme se rapportant à des inanimés, très usitée au XVIIe siècle, même si Vaugelas préconise l'emploi de « auquel ».

53. Rupture de construction syntaxique : le participe présent se rapporte aux deux femmes et non au sujet de la proposition principale.

Elle a tantôt rempli tout Mâstric de ses cris,
Fait émouvoir* le Peuple, et gagné les esprits.
Donnons, pour diviser sa fureur et ses armes,
Tout un autre pretexte à ses cris, à ses larmes ;
Faisons mourir Albert : lors on croira, Seigneur,
Qu'elle pleure un Mary, non pas son deshonneur.
Dans tout vôtre dessein sa mort est necessaire ;
Elle confond* Matilde, elle asşure l'affaire ;
Et Charles renvoy'ra, malgré son vain rapport
Et ses pleurs et ses cris, le tout à cette mort ;
Dont la lettre d'Albert aprés vous justifie.

RODOLFE

Ton esprit est adroit ; en luy seul je me fie :
Va doncque, cher Cousin, suy ta propre raison ;
Va, fay mourir Albert dessus l'heure, en prison :
Tandis[54] je vay calmer cette émeute civile,
Recevoir SON ALTESSE au dehors de la Ville ;
Et quoy que son abord* soit contre mon souhait,
Respondre en apparence[55] aux honneurs qu'il me fait.

Fin du premier Acte.

---

54. Pendant ce temps.

55. Par des marques extérieures.

21] # ACTE II

SCENE PREMIERE

FREDERIC, RUTILE

FREDERIC

Ta diligence* est grande, il est vray ; mais, Rutile,
Sur une fausse[1] allarme elle n'est qu'inutile :
Charles nous a surpris ; nous ne l'attendions point ;
Ton ordre et ton envoy n'alloient pas à ce poinct :
Tu sçavois le secret ; que tout n'estoit que feinte* ;
Que son abord* icy nous tiendroit en contrainte ;
Et que pour perdre* Albert, sur un crime inventé,
Son absence plustôt nous prestoit sureté ;
Que nous avions choisi, pour l'arrester à Liege,
La lettre à LOUYS onze, et le temps de ce siege :
Mais, par des trais si prompts qu'ils semblent inoüis,
Il a quitté le Siege, il a quitté LOUYS ;
Son esprit remuant[2] troublera cette affaire.

22] RUTILE

Il n'aura pas le soin* ni le temps de le faire ;

---

1. Car trop tardive.

2. Impétueux. Dans *Le Comte d'Essex* de La Calprenède, le même qualificatif est appliqué à la personnalité de la reine Elisabeth : « Cet esprit remuant, superbe, ambitieux » (Acte I, scène V, v. 280).

Puis qu'il doit estre au camp de retour aujourd'huy[3],
Qu'il ayme ainsi Rodolfe, et n'a soin que de luy :
Ne treuvant du peril apparence[4] ni voye[5],
Ce soin* l'a fait venir, un plus grand le renvoye.
A peine dans la nuict au quartier arrivé,
Sçachant que tous veilloient, et le Prince levé[6],
J'avance, et voy par tout les soldats en attente,
Mille chevaux rangez en armes vers sa tente :
Au seul nom de Rodolfe il me tire en secret,
Apprend le faict[7] d'Albert, en montre du regret
Lit sa lettre en copie ; et dessus ma creance*,
D'un peu de verité gagnant sa confiance,
J'ajoûte : Qu'autrefois domestique d'Albert,
Un rang plus glorieux à ma fortune offert,
J'avois prés de Rodolfe à present asservie
Attaché noblement ma fortune, et ma vie[8] :
En suite je luy peints ce mensonge inventé,
Comme Albert me parla ; comme il m'avoit tenté
Comme, ayant feint d'entrer dedans sa confidence,
J'appris tous ses desseins qu'il mit en evidence ;
Qu'ayant creu par ses dons tous mes sens* esbloüis,
Il m'avoit mis en main cette lettre à LOUYS ;
Que Rodolfe averti m'envoye avec vîtesse

---

3. Indication du respect de l'unité de temps. Voir aussi vers 1151.

4. Vraisemblance, possibilité.

5. Cause, raison.

6. Le Prince (étant) levé.

7. Conduite.

8. Ordre des mots : *J'avois près de Rodolfe attaché noblement ma fortune et ma vie à présent asservie. Asservie* se rapporte à la fois aux deux noms *fortune* et *vie* qui, « réunis par la conjonction "et" », « se présentent à l'esprit comme formant un tout ». (Haase).

Porter moy-mesme avis et lettre à SON ALTESSE.
[23] Ce discours concerté semble-t'il si pressant* ?

FREDERIC

Mais Charles est icy ; nous le voulions absent.

RUTILE

Son amour pour Rodolfe en est la seule cause.
A peine a-t'il oüi tout le faict que j'expose[9] ;
Que tourné vers les siens il leur fait le signal :
On sonne la trompette, et l'on monte à cheval ;
Et pour toute response, en y montant luy-mesme :
Rodolfe, m'a-t'il dit, connoîtra si je l'ayme ;
Allons le voir. Il marche ; et chacun le suivant,
Il se met à la teste ; et je prends le devant.

FREDERIC

Tu les a prevenus* avecque diligence*.

RUTILE

Le Prince avec Rodolfe a pris intelligence[10] :
Devant Matilde et luy, depuis qu'il est venu,
J'ay rapporté le faict, et je l'ay soûtenu :
Mais le plus difficile, où la peur me surmonte*,
C'est qu'avec Albert mesme il faut qu'on me confronte :
A quel poinct de mal-heur me voy-je destiné,
S'il connoît que la lettre est sur un blanc-siné[11] ?

9. Le texte indique *espose*.

10. S'est entretenu.

11. Blanc-signé : blanc-seing.

[24] Où me suis-je plongé ? quel remors me devore !
Ne songera-t'il point qu'il m'en restoit encore
De ceux, qu'estant à luy, ni remplis ni rendus
J'avois pû faire croire esgarez ou perdus ?
Me servir de son nom, pour perdre`ainsi mon Maître ?
Quel crime ! s'il y pense, oseray-je paraître ?
Ah ! c'est toute ma crainte.

FREDERIC

O regrets superflus !
Si tu ne crains qu'Albert, Rutile, ne crains plus :
Il ne te verra point.

RUTILE

Mais Charles…

FREDERIC

Charles mesme
N'aura pas ce pouvoir, quoy qu'en un rang supréme :
En un mot, il est mort, Albert est depesché*.

RUTILE

Helas !

FREDERIC

Ne le plains point, ni son sang espanché ;
Aurois-tu, s'il te sert, regret de le répendre ?
Ton crime et nos desseins sont couverts de sa cendre :
Apprens… Mais Charles vient : dessus cette action
Viens recevoir ailleurs nouvelle instruction.

[25] SCENE II

CHARLES, MATILDE, RODOLFE, FERDINAND, DIONEE, LEOPOLDE, GARDES

CHARLES

Je garde en mon esprit vos plaintes, et son vice ;
J'ay pitié de vos maux ; je vous rendray justice.

MATILDE

Grand Prince, ah ! que je crains qu'un excez d'amitié
Ne trahisse en vous-mesme et justice, et pitié !
Vous hayssez le crime ; ainsi j'ose me plaindre :
Mais vous aymez Rodolfe ; ainsi je doy tout craindre ;
Et son impunité, qui triomphe entre nous,
Le tient ferme et hardy, quand je tremble à genoux :
Son amour m'a perduë, et sa faveur m'opprime* ;
J'ay son rang à combattre encor plus que son crime :
Mais j'attens de mon Prince un acte solemnel[12],
Qu'il punisse le crime, aymant le Criminel.

Elle se leve de genoux.

Voila ce que le Ciel par ma voix vous demande :
Rodolfe est tres-puissant ; vostre amour est tres-grande ;
[26] Vos Etats, sa valeur, sa faveur, vostre foy*,
Tout parle enfin pour luy ; le Ciel parle pour moy :
Il doit estre dans vous, contre une amour extréme,
Et plus fort que Rodolfe, et plus fort que vous-mesme ;
Luy, qui de tant d'Etats vous a fait Souverain,

12. Extraordinaire.

Vous regarde aujourd'huy la balance en la main,
Pour faire à l'Univers en ce rang qu'il vous donne
Reluire vos vertus plus que vostre Couronne.
C'est peu d'estre nommé, d'un titre glorieux,
Que le sang vous donna, qui vient de vos Ayeux,
Souverain de Bourgoigne et des dix sept Provinces[13] ;
Ajoûtez à ces noms, le plus juste des Princes :
Qu'on[14] vous nomme Hardy parmy les Conquerans,
L'autre nom est de Prince, et convient mieux aux Grands ;
L'un brille dans la paix, l'autre éclatte* en la guerre ;
Mais l'un tend vers le Ciel, et l'autre vers la terre :
Vous avez combattu pour elle tant de fois ;
Combattez pour le Ciel, pour nous, et pour les loix.

CHARLES

Quel desordre en mes sens ! où, flame contre flame,
Je ne puis accorder mon cœur avec mon ame ;
Où je sents qu'il me faut, pour me rendre vainqueur,
Combattant contre moy, triompher de mon cœur :
Pouray-je n'aymer pas Rodolfe que j'estime ?
Et pouray-je l'aymer, s'il est chargé de crime ?
[27] Mais d'un crime, où le Ciel m'interesse* en effect* ?
Que feray-je ? Rodolfe : ou plustôt qu'as-tu fait ?
Te perdre* ? Mais soufrir aussi ta violence ?
C'est trop, amour, c'est trop me tenir en balance ;
Sorts enfin de mon cœur, et ce Rodolfe aussi ;
Il est trop criminel ; traitons le donc ainsi.
Quoy ? qui commet un rapt*, contre un traître m'appelle ?

13. Les Provinces-Unies des Pays-Bas.

14. Bien que.

Quand Rodolfe viole, il m'escrit d'un Rebele ?
Et le plus criminel, si j'en croy ma raison,
Escrit, m'appelle, accuse et tient l'autre en prison.
Non, ce n'est pas la peur d'une Ville surprise
Qui m'oblige à venir, Albert, ni l'entreprise*,
Ni l'exemple de Liege à nos mutins offert,
Les soupçons de[15] LOUYS, ni la lettre d'Albert :
Rien ne m'ameine icy, que cette amour insigne
Que j'avois pour Rodolfe ; et je l'en treuve indigne ?
Et quand j'ay sçeu qu'Albert dressoit un attentat*,
J'ay pris soin de Mâstric, plus que de tout l'Etat ;
Où j'avois à sauver dans la fureur civile
Un, qui m'estoit plus cher que l'Estat ni la Ville.
Cependant ce Rodolfe ; Ah ! le puis-je nommer ?
Le puis-je voir encor ? puis-je encore l'aymer ?
Ce Monstre de faveur, à mes yeux, se diffame*,
Trouble tout dans Mâstric, trouble tout dans mon ame.

[28] RODOLFE

Ah ! Seigneur, permettez dedans mon trouble aussi
Que je vous interrompe, ou que je meure icy ;
Soufrez, pour effacer cette affreuse peinture*,
Que je r'entre en ce cœur, où l'on me défigure ;
Si le soupçon du vice, imposteur si puissant,
M'en chasse Criminel, que j'y r'entre Innocent.

CHARLES

Jamais je n'ay fermé mon cœur à l'innocence :
Parlez avec effect*, ainsi que par licence[16] ;

15. De : au sujet de (voir v. 462).

16. En toute liberté.

Faites qu'à vos raisons Charles soit obligé,
Qui ne peut estre heureux, si vous n'estes purgé*.

RODOLFE

Quel procedé jamais s'est veu pareil au nostre ?
Je vous declare un crime ; on m'en impute un autre :
Et sans purger Albert du crime declaré,
Par tesmoin, par son sein[17], par sa lettre averé ;
Au lieu d'examiner sa sourde intelligence[18],
Vous escoutez[19] celuy qu'impose[20] la vengeance :
D'un complot, où Mâstric a presque esté surpris[21],
On a lettre, et témoin ; vous escoutez des cris :
Quand il s'agit d'Albert, on parle de sa femme ;
On laisse le Coûpable, et moy l'on me diffame* ;
[29] Dedans le premier crime un nouveau se confond ;
Mais pesez le premier, il destruit le second ;

CHARLES

Mais le second plustôt le destruit et l'efface ;
Et quant au procedé, le vostre le surpasse :
La lettre, et l'attentat* dont Albert est noirci
Allarment[22] plus l'esprit qu'il ne reste esclairci ;
Y peut-on deschiffrer[23] seulement un Complice,

17. Voir v. 21.

18. Son accord secret avec l'ennemi.

19. Ecouter : se laisser persuader.

20. Imposer : faire croire une chose fausse (voir v. 529).

21. Enlevé par surprise (voir v. 465).

22. Alarmer : exciter, donner l'éveil.

23. Démêler, discerner.

Appareil*, temps, ni lieu, ni forme d'autre indice ?
Il reste à confronter Rutile avec Albert ;
Et nous n'obmettrons rien de tout ce qui vous sert :
Vous[24], presentez les moy. Mais attendant leur veue[25],
Faisons que l'autre affaire au fonds nous soit connuë.
Que respondez-vous donc à ce crime intenté ?

RODOLFE

Je respons qu'il est faux, et qu'il est inventé.
De quoy se plaint Matilde ? et quel est donc ce crime ?

FERDINAND

Demandez le[26] à vostre ame, où la rage l'imprime ;
Vostre esprit vicieux ne le peut ignorer ;
Et sa pudique voix n'ose le proferer :
Il est trop messeant en une bouche honneste ;
Sa honte et sa fureur, sans voix, font sa requeste :
30] Rien à se diffamer[27] n'a porté son tourment
Qu'un excez de pudeur et de ressentiment* ;
Elle soufre, à le dire une autre violence ;
Le crime est si honteux qu'il oblige au silence,
Veut d'horreur[28] qu'on l'estoufe, au lieu d'estre preuvé :
Mais songez à l'estat où l'on vous a treuvé,
Et Matilde sur tout ; diray-je en quelle sorte ?
Sans aucun sentiment, pâmée, et comme morte.

24. Charles s'adresse à Léopolde, capitaine de ses gardes.

25. En attendant de les voir.

26. L'élision du pronom personnel est nécessaire : *Demandez l' à vostre ame*.

27. Se deshonorer en avouant le viol qu'elle a subi.

28. Du fait de l'horreur.

RODOLFE

Le crime d'un Mary, la crainte de sa mort
Sur ses sens avoient fait ce violent effort* :
Les cris qu'elle a jettez, le crime qu'elle impose
Ont pour fin la vangeance, et n'ont point d'autre cause ;
Pour faire soûlever le Peuple contre nous,
Et peut-estre achever les desseins d'un Espoux ;
Dont ces cris m'ont encor fait hâter le supplice,
Par une promte mort prevenant* sa Complice ;
Ce coup promt, mais d'Estat[29], necessaire rendu
L'oblige de me perdre*, aprés Albert perdu.

MATILDE

Albert perdu ! qu'entends-je ? et que vient-il de dire ?
Quoy donc ? seroit-il mort ? ah ! de crainte j'expire :
Ce coup promt, necessaire aussi peu qu'attendu
Me frappe au cœur, me perd aprés Albert perdu :
[31] Monstre sorti d'Enfer, ravisseur, homicide,
Acheve icy ce coup, acheve le, perfide ;
Sois moy doux par fureur, et cruel par pitié ;
Joints la femme au Mary, l'une à l'autre moitié.
Mais le Ciel vient m'ayder, non le bras qui me blesse,
Et pour un coup mortel se sert de ma foiblesse ;
Je meurs.

DIONEE

Elle se pâme ; et perd le sentiment :
Madame ?

---

29. Relatif à l'Etat.

CHARLES

Qu'on l'enmeine en mon appartement.
Les Gardes l'emmeinent puis reviennent.

SCENE III

FERDINAND, RODOLFE, CHARLES, LEOPOLDE

FERDINAND

O Mary mal-heureux ! plus mal-heureuse Femme !
Sa mort, et ta douleur me percent jusqu'à l'ame :
Quoy donc ? Albert est mort ? et par ta cruauté
Tu viens de nous ravir encor cette Beauté ?
[32] Ta voix, comme ta main, en meurtres est feconde ;
Le recit d'une mort en cause une seconde ;
Barbare, dont le cœur dans le vice abbatu
N'a pû soufrir icy l'une et l'autre vertu :
Assassin de l'honneur, Bourreau de l'innocence !
Ne vous offensez pas, Seigneur, si je l'offense ;
Soufrez que ce reproche et mon ressentiment
Soient icy devant vous son premier chatiment,
Que mettant sa faveur et son orgueil en poudre
Mon depit soit l'éclair qui previent* vostre foudre,
Que mon couroux confonde* un traître à vostre aspect[30].

RODOLFE

Ou montre un insolent, qui sort de tout respect :

30. Sous vos yeux.

Nous sommes, Ferdinand, (c'est là tout mon refuge)
Devant un si grand Maître.

FERDINAND

Et devant vostre Juge ;
Qui voit la difference entre deux Ennemis :
J'accuse un double crime ; et vous l'avez commis,
Commis l'assassinat, commis la violence :
C'est sortir du respect, tomber dans l'insolence[31].
Je laisse à part le rapt* et ce honteux larcin ;
Et ne te poursuy plus que comme un Assassin :
Nous enlever Albert par un secret supplice,
En prison, sans l'oüir, sans forme de justice ?
[33] Le Prince estant si proche, et toutefois absent.

CHARLES

Comment ? perdre un tel homme, et peut estre innocent ?
Quoy ? sans luy confronter et sa lettre, et Rutile ?
Sans attendre de plus son[32] retour en la Ville ?
En matiere d'Estat, où l'on mesle LOUYS ?
Les Complices ainsi seront esvanoüis.

RODOLFE

Aux plus âpres tourments[33] preferant ses Complices
Albert, sans les nommer, est mort dans les supplices.

---

31. Ferdinand reporte sur Rodolfe ses propres paroles (v. 564), en jouant sur le sens fort d'*insolence* (voir le v. 629 et le lexique).

32. Le retour de Rutile.

33. Tortures.

FERDINAND

Arreste ; ne perds pas et memoire, et raison :
Sans nul apprest de genne[34], il est mort en prison ;
Peu devant je l'ay veu ; toy, voy ton imposture ;
Que c'est aprés la mort le mettre à la torture.

RODOLFE

N'ayant pû par sa voix rien tirer de son sein,
Par une promte mort j'ay puni son dessein ;
Tant pour le prevenir*, que ses Complices mesmes,
Que Matilde enflamoit avec des cris extrémes.
Vous avez veu le Peuple encor esmu* du bruit ;
Que vostre seul respect[35] a si soudain destruit,
[34] Qu'il semble que le Ciel, d'une secrete addresse,
Icy comme au secours ait conduit Vostre ALTESSE :
Pour contenir Mâstric, prest à se soulever,
J'ay fait mourir Albert ; on vouloit le sauver :
Et cette mort si promte et si peu meditée
Portoit à ces excez une femme irritée ;
Sans voir qu'un Peuple esmeu, ces cris, et ces excez,
Mesme aprés Albert mort luy faisoient son procez.

FERDINAND

Mesme aprés Albert mort ? Ah ! tu te vas confondre* ;
Pense à ce que tu dis, que viens-tu de répondre ?
Ton jugement s'esgare, et tu fais un faux pas :

34. *Genne, gesne* ou *gêne* : « Quelques uns écrivent *Gehenne*. Question, torture [...]. Les gênes ont été mises au point pour arracher la vérité de la bouche des grands criminels [...]. » (Furetière).

35. *Votre seul respect* : Le respect qu'on vous porte, à lui seul...

Pleuroit-elle une mort, qu'elle ne sçavoit pas ?
Qui tantôt l'a surprise et montrée ignorante ?
Sa pâmoison en est une preuve apparente.

CHARLES

Cette mort ignorée, et que tu nous décris,
Portoit doncque Matilde à ces pleurs, à ces cris :
Et pour les empescher, si nous te voulons croire,
Tu fais mourir Albert : Parle avec ta memoire,
Accorde ta parole, et ne te desments pas :
Donc Matilde crioit, mesme avant ce trespas :
Mais comment se peut-il ? et qu'une mesme chose
Soit dans un mesme temps et l'effect, et la cause ?
[35] Les cris causent la mort ; la mort cause les cris :
Connoy* cette imposture, et reprens tes esprits.

FERDINAND

Pour empescher ces cris, tu punis le Rebele :
Matilde crioit donc ; et pourquoy crioit-elle ?

RODOLFE, *y rêvant.*

C'estoit...

CHARLES

N'acheve pas ce faux raisonnement :
Je parleray pour toy dans ton estonnement* ;
Le Ciel m'ouvrant l'esprit y répend sa lumiere.
C'estoit pour repousser son injure* premiere,
Pour vanger son honneur, que ton crime a ravi ;
Et que la mort d'Albert de bien prés a suivi,
Coûpable seulement pour contenter ta flame,
Et coûpable d'avoir une trop belle femme :

J'apprends, comme du Ciel, de ta confusion,
Que l'innocent n'est mort qu'à cette occasion.
Quel trouble dans mon cœur cause ton insolence* !
Albert, Matilde, et moy, soufrons ta violence :
Plus qu'on ne dit coûpable, et plus que tu ne crois,
De deux crimes attaint, je te charge de trois :
Albert assassiné, Matilde violée
Aux deux crimes ont joint mon amour immolée ;
[36] J'ajoute à cette amour que je ne puis bannir
Les tourments que j'auray moy-mesme à te punir :
Ouy, cette violence en moy seul est estrange* :
Deux offensez icy paroissent ; on les vange :
Mais qui punit le crime, et qui doit les vanger
Soufre pour le Coûpable, avant que le juger ;
Aymant le Criminel autant que sa personne
Le Juge soufrira la peine qu'il ordonne.
N'importe ; il faut punir et Rodolfe, et mon Cœur,
Traiter ces Criminels tous deux à la rigueur[36] ;
Luy, d'avoir à son vice immolé deux victimes ;
Mon cœur, d'avoir aymé le sien si plein de crimes.
L'amour m'arreste encore, et me dit : Pardonnons ;
Mais le Ciel dit : Condamne. Il le faut : condannons.
Leopolde, menez...... Meiner[37] celuy que j'ayme ?
Ouy, menez dans la Tour et Rutile, et luy-mesme ;
Qu'on l'oste. Allons, mon cœur, pour la derniere fois
Souspirer pour celuy que condamne ma voix.

Fin du second Acte.

---

36. Avec sévérité.

37. Des dérivés de ce verbe sont orthographiés avec un « i » aux vers 9, 125, 548 et 1049.

37]

ACTE III

Scene premiere

FREDEGONDE, CHARLES, MATILDE, FERDINAND, LEOPOLDE, DIONEE

FREDEGONDE

Prosternée à vos pieds, dans ce devoir rangée,
Daignez, grand Prince, oüir une Mere affligée ;
Qui ne vient point icy par des tons[1] languissans
Attendrir vostre cœur, et corrompre vos sens* ;
Rodolfe a trop failli, sa peine est legitime ;
Et moy-mesme pour luy je confesse son crime :
Cesse toute autre preuve, il n'en est pas besoin ;
Pourroit-il le nier ? sa Mere en est tesmoin.
Matilde au triste estat où je la vis reduite
Reconnut ma douleur, ma pitié, ma conduite ;
Sçait qu'en sa pâmoison, par tout ce que je fis,
Je luy servis de Mere, et renonçay* mon Fils ;
[38] Que je fus son secours en ce crime effroyable ;
Qu'autant qu'il fut cruel je luy fus pitoyable* ;
Que morte entre mes bras, qui furent son appuy,
Par ma charité seule elle vit aujourd'huy.
Elle poursuit mon Fils ; ingrate et juste envie !
Aura-t-elle sa mort ? Elle me doit la vie :

1. Accents.

Voy notre sort, Matilde, et par de justes loix
Ce qu'on doit à Rodolfe[2], et ce que tu me dois ;
S'il faut que l'on te vange, et qu'on me satisface,
Il merite la mort, je merite sa grace :
Considerez la Mere, en punissant le Fils ;
Ce que je fay, Seigneur ; et vous, ce que je fis.

CHARLES

Ah ! c'est trop ; levez vous.

MATILDE

Que faites-vous, Madame ?

FREDEGONDE

Je fay renaître un Fils, déja mort dans vostre ame ;
Je repare son crime, et vostre honneur blessé ;
Et tâchant d'appaiser le Prince interessé*,
Pour retenir le bras sous qui[3] déja je tremble,
Je satisfay le Juge et la Partie ensemble.

CHARLES

[39] En l'estat où vous met son crime, et vostre ennuy*,
C'est trop pour vous, Madame, et c'est trop peu pour luy.

MATILDE

Implorer ma pitié, me plaindre en ma misere
C'est flatter* ma douleur, non pas me satisfaire ;

2. *Ce qu'on doit à Rodolfe* grâce à son juste gouvernement.

3. « L'accusatif *qui,* régi par une proposition, pouvait se rapporter (...) aux noms de choses ». (Haase).

Il s'agit de vangeance, et de punitions,
De supplices, de mort, non de soûmissions.
Dans le crime d'un Fils si vous fûtes pieuse,
Que vous doy-je, aprés tout, qu'une vie odieuse ?
Je vous doy pleurs, soûpirs, cris, et gemissements ;
Je vous doy... Que vous doy-je ? Enfin tous mes tourments :
Je m'escrie à tous coups, honteuse et désolée :
Ah ! rendez moy la mort que vous m'avez volée,
Rendez moy par pitié celle qui fut mon bien ;
J'auray la paix des sens, et ne vous devray rien :
Ouy, la mort en effect* m'estoit lors favorable,
Une grace du Ciel à mes vœux exorable* ;
Par un cruel office on me vint secourir
Lors qu'il m'estoit honneste et plus doux de mourir :
Que dy-je ? j'estois morte ; et l'on me rend la vie,
Pour la voir de mal-heurs et de honte suivie :
Que ce trait de pitié fut cruel à mon cœur,
Qui me rendit les sens, ayant perdu l'honneur !
[40] Puis que ce mal pourtant croît plus on le raconte,
Je n'ose rafraichir ce crime ni ma honte :
Mais d'autres interests m'arment pour d'autres coups ;
Je donne mon honneur ; rendez moy mon Epoux ;
Son trespas, de Rodolfe est le dernier ouvrage ;
Si l'on pardonne au vice, il faut punir la rage ;
Que qui dût à l'honneur paye à l'assassinat.

FREDEGONDE

Dans un crime eust on creu qu'un autre s'enchainaît ?
Quand je parle pour l'un, l'autre me vient surprendre :
Lequel doy-je laisser ? lequel doy-je deffendre ?
L'un ou l'autre le perd ; et dans ce choix douteux,
Confondant* mon esprit ils me perdent tous deux.
Seigneur, si vous l'aymez, si ma Sœur fut aymée...

Ah! pardonnez ce mot à mon ame allarmée ;
Pensez qu'il est mon Fils : Helas ! diray-je plus ?
Il est...... Lisez le reste en mon esprit confus[4].

CHARLES

Son crime confond* tout, et raison, et priere :
Qu'il cesse d'estre Fils ; ou cessez d'estre Mere.

FREDEGONDE

Si je cessois de l'estre ; ah ! sçachant ce qu'il est,
Vous en auriez pitié. Mais ce mot vous déplaît[5],
[41] Et peut-estre ma voix, peut-estre mon visage[6] :
Taisons-nous donc ; mes pleurs, dittes-en davantage ;

CHARLES

Que sa voix, que ses yeux ont de force sur moy !
Quoy ? mon cœur, tu te rends ? des pleurs te font la loy ?
Non ; domtons ma douleur, forçons* cette tendresse,
Et sortons du combat par force, ou par adresse* :
Ah ! contre tant de trais* je me sents r'assurer :
Suivons l'ordre du Ciel qu'il semble m'inspirer ;
Mon esprit en reçoit des lumieres nouvelles
Qui pouront accorder ma Justice avec elles.

FREDEGONDE

Considerez mes maux.

---

4. Premier indice de la véritable identité de Rodolfe.

5. Sens plus fort qu'aujourd'hui : donner de la colère, de la douleur.

6. Car sa voix et son visage implorent la pitié pour Rodolfe.

CHARLES

Je les voy, je les sents.

MATILDE

Vangez les miens.

CHARLES

Vangeons les Morts, les Innocents.

FREDEGONDE

Rodolfe mourroit-il ?

[42] CHARLES

Je veux, il faut qu'il vive.

MATILDE

Mais las ! Albert est mort.

CHARLES

Il faut donç qu'il le suive.

FREDEGONDE

Que m'avez vous promis ? tirez nous de soucy.

CHARLES

Je vous obligeray.

MATILDE

Juste Ciel !

CHARLES

Vous aussi.

MATILDE

Obliger l'une et l'autre, en un dessein contraire,
Sur des vœux differents ? hé ! qui pouroit le faire ?

[43] CHARLES

Celuy que dans vos vœux vous avez reclamé ;
Le Ciel ; et mon esprit, par luy-mesme enflamé :
Vous devez de tous deux respecter l'ordonnance.

MATILDE

Admirer la Justice.

FREDEGONDE

Admirer la Clemence.

CHARLES

Dans un partage égal, mon esprit combattu
Suivra pour vos desirs l'une et l'autre Vertu.
L'offense de Rodolfe en deux chefs[7] est tres-grande ;
Il a ravi l'honneur : J'ordonne qu'il le rende,
Qu'à Matilde, d'Albert il repare le sort,
Envers celle qui vit, l'outrage fait au Mort[8] :
Comme il doit satisfaire encore à ma Justice,
Je reserve à mes droits la grace, ou le Supplice.

7. Points particuliers.

8. [Qu'il répare] envers celle qui vit, l'outrage fait au mort.

MATILDE

Faites donc reparer par un si juste Arrest
Et la perte d'Albert, et mon propre interest ;
Donnez teste pour teste.

[44] CHARLES

Eh bien, je vous le donne :
Il faut qu'il vous espouse : et c'est ce que j'ordonne.

MATILDE

Qu'il m'espouse ? un[9], qui tient mon honneur asservi ?

CHARLES

Ouy ; pour vous rendre enfin ce qu'il vous a ravi.

MATILDE

Luy ? l'Assassin d'Albert ? la faveur qui m'opprime*
Rend l'horreur de l'Arrest plus grande que[10] du crime :
Qu'il m'espouse ?

CHARLES

Il le faut : Sa personne et ses biens,
Sa grandeur, son pouvoir, le rang où je le tiens
Se pourront mesurer à vostre double perte,
En la mort d'un Espoux, en vostre honneur souferte.

---

9. « *Un* dans l'acception de *quelqu'un* de la langue actuelle, est très usité dans l'ancienne langue et dans celle du XVIIe siècle. Corneille, ayant employé *un,* le corrigea plus tard dans tous les passages en le remplaçant par *quelqu'un.* » (Haase)

10. Le mot *horreur* est sous entendu.

FERDINAND

Sa teste est le seul bien qui respond à ses vœux.

CHARLES

Je pretends l'obliger[11] : aprés tout, Je le veux.

[45] MATILDE

Vous voulez donc aussi ma vie en sacrifice :
Bien tost mon desespoir vous rendra cet office.

FERDINAND

Pour grace, accordez luy la liberté des pleurs ;
Et quelque temps au moins à plaindre ses mal-heurs.

CHARLES

Je veux qu'on les marie à present, et sur l'heure :
Son honneur plus languit, plus de temps elle pleure[12] ;
Je tarde à le luy rendre, et c'est trop qu'un moment ;
Je croy plus l'obliger, plus je vay promtement ;
Moins j'attends, moins de temps elle est deshonorée ;
Et c'est une faveur, qui dûst estre implorée.
Je veux que tout assiste, et la Ville, et ma Cour,
A la ceremonie aux pompes de ce jour ;

---

11. Lui faire une faveur.

12. «Vaugelas exige qu'une proposition comparative construite avec "plus... plus" commence par "plus", et non par un autre mot, ce qui est, selon lui, une faute. Il fait cependant remarquer qu'un des meilleurs écrivains de son temps pèche contre cette règle, d'ailleurs souvent transgressée. » (Haase)

Que le Contract tandis[13] se minute et se dresse,
Avecque cette clause et cette charge expresse
Que le bien en commun reste au dernier vivant.

FREDEGONDE

Du moins la dot est belle.

FERDINAND

Et l'Arrest decevant :

[46] MATILDE

Rodolfe l'aura tout ; son crime est profitable ;
Et ma mort va conclure un Arrest équitable.
Ferdinand, à ce coup il me faut secourir ;
Faites le revoquer, ou je m'en vay mourir.

FERDINAND

Ah ! Madame... Elle part ; son desespoir l'emporte[14].

CHARLES

Vous aurez vostre Fils : Leopolde, qu'il sorte :
Escoutez.

FREDEGONDE

Quelle grace ! où je l'esperois moins[15].

---

13. Pendant ce temps.

14. La met hors d'elle-même.

15. Au moment où je l'esperais le moins.

CHARLES

Disposez tout, Madame, et secondez mes soins.

Fredegonde s'en va avec Leopolde, pour tirer Rodolfe de prison.

[47] SCENE II

FERDINAND, CHARLES

FERDINAND

L'une est au desespoir, lors que l'autre est contente.
Que cet Arrest, Seigneur, remplit* mal nôtre attente !
Il punit l'Innocence, et semble l'estoufer,
Pour faire avec esclat deux crimes triompher :
Dans le sang, [16] la Justice et Matilde se noye[17] ;
Le Coûpable est puni seulement par la joye ;
L'assassinat d'Albert, loin d'estre reparé,
Met encore en son lict qui l'a deshonoré :
O Ciel ! qui l'auroit creu ?

CHARLES

Comme vous j'en soûpire :
Mais ce Ciel invoqué l'appreuve, et me l'inspire.

---

16. Dans le texte la virgule est placée par erreur après *Justice*, ce qui modifie le sens de la phrase.

17. Voir v. 306.

FERDINAND

Si vous sentez au cœur un secret mouvement,
Le Ciel ne le fait pas ; c'est l'amour seulement :
[48] Rodolfe et sa faveur ont vostre ame seduite*,
Luy font creuser le goufre où Matilde est reduite :
Voulez-vous l'enrichir d'un funeste* present ?
Que le boureau d'Albert triomphe en l'espousant ?
Que dira l'Univers, qui vous croit équitable,
D'un JUGEMENT cruel, horrible, épouventable ?[18]

CHARLES

Que direz-vous plustôt, si mon integrité
Par luy me dresse un Temple à la posterité ?
Si l'Univers un jour, si mesme les Theâtres
Doivent de ma justice estre les Idolâtres ?
Apprenez qu'elle seule a regné dans mon cœur,
A tout fait pour Matilde, et rien pour la faveur :
Vous l'accusez tous deux : pour punir ce blasféme,
Ouy, vous l'admirerez, et Matilde, et vous-méme.
Pour rendre cependant cet Hymen accompli,
Pour voir l'Arrest du Ciel, pour voir le mien rempli,
Vous, qui servez Matilde et sentez[19] son outrage,
Allez à cet Hymen disposer son courage.

FERDINAND

Moy, Seigneur : Ah ! plustôt ordonnez moy la mort.

---

18. Nous rétablissons le point d'interrogation, oublié dans le texte.

19. Ressentir avec douleur.

CHARLES

Vous seul sur son esprit ferez ce grand effort*.

[49] FERDINAND

Non ; de tous les Mortels j'en suis le moins capable.

CHARLES

Et, n'obeissant pas, aussi le plus coûpable.

FERDINAND

Je la respecte trop.

CHARLES

Vôtre Prince trop peu :
Mais sçachez, Ferdinand, qu'on perd tout à ce jeu.

FERDINAND

En vous obeissant je perdrois plus encore.

CHARLES

Je soupçonne à ces mots le mal qui le devore ;
Il l'ayme. Enfin, c'est trop : N'aymez-vous pas son bien ?

FERDINAND

Plus que ma propre vie, et bien plus que le mien.

CHARLES

Doncques obligez l'une, et n'offensez pas l'autre.

[50] FERDINAND

Son interest me lie.

CHARLES

Ah ! c'est plustôt le vôtre :
Ces feux, que le respect cache, et montre allumez,
A me desobeir font voir que vous l'aymez :
Mais, sans examiner les secrets de mon ame,
A ce commandement immolez vostre flame ;
Servez moy, servez la, mesme en vous trahissant ;
Contre vos interests, qu'un cœur obeissant,
Au moins lors qu'il la perd, se montre digne d'elle.
Voyons Rutile ; allons ; autre affaire m'appelle.

SCENE III

FERDINAND seul

Ah ! quel commandement ! qu'il est rude, et puissant !
Servez moy, servez la, mesme en vous trahissant :
Je suivrois cette loy dans sa rigueur extréme,
Si je ne trahissois en cela que moy-méme ;
Si je ne trahissois Albert, et son mal-heur ;
Si je ne trahissois Matilde, et sa douleur.
[51] Charles l'ordonne : O sort ! que faut-il que je fasse ?
Obeir. Contre moy ? contre eux ? Mais il menasse ;
Je perdray tout. Perdons ; mourons ; mon cœur est prest ;
L'interest de Matilde est mon seul interest :
Quoy ? moy-mesme en son sein mettre un qui la diffame ?

Charles me le commande, et Charles sçait ma flame.
Donc, je dois la gagner[20] ? l'offrir au suborneur ?
En faire un sacrifice offert à son honneur ?
Honneur, victoire[21] ensemble et le prix d'un Barbare ;
Honneur, qu'un crime perd, et qu'un plus grand repare !
Icy l'amour fera ce que l'amour deffend.
Soufre, languy, Vertu ; le vice est triomphant :
Triomphe donc, Rodolfe, aux dépens de ma flame.
Voicy ce digne Espoux : Allons querir sa Femme.

SCENE IV

LEOPOLDE, GARDES, RODOLFE, FREDEGONDE

LEOPOLDE

Aprés qu'un de ses Gardes luy a parlé à l'oreille.

Que veut de moy le Prince, et ce commandement ?
Je reviens sur mes pas ; attendez un moment :
[52] C'est quelque ordre qui presse, et qu'il me faut apprendre.
Vous pourez avec eux, Gardes, aussi m'attendre[22].

---

20. Convaincre.

21. L'honneur [de Matilde] représente à la fois — *ensemble* — la victoire d'un Barbare et sa récompense (voir Introduction p. LXIII).

22. Il existe à cet endroit une didascalie, mais elle est illisible. Elle signale très certainement la sortie du personnage.

FREDEGONDE

Puis que de vostre Hymen les apprests sont si courts,
Prenons ce temps, Rodolfe ; achevons nos discours.

RODOLFE

Pour me persuader n'usez plus d'artifice :
Mon crime heureux me rend un favorable office ;
Il me donne à Matilde ; et sa possession,
Qui devroit estre un prix, est ma punition ;
Contre toute apparence, et les loix qu'on supprime,
La faveur n'a jamais mieux couronné le crime :
Ne me le dittes plus, ni toutes ces raisons
Qui font l'Hymen égal d'inegales Maisons[23] :
Madame, je les sçay ; mais je sçay mieux encore
Combien vaut cet Hymen, par un poinct qu'on ignore.
Malgré tous mes efforts, et son opinion,
Matilde toute pure entre en cette union ;
Son honneur est entier ; et dans cette occurrence,
Si l'hymen le luy rend, ce n'est qu'en apparence ;
Vostre abord* empéchant mon crime, et son malheur,
A laissé de ce rapt* seulement la couleur* ;
Le Ciel, qui regarda* sa vertu dans mon crime,
En detourna l'effect*, qui devient legitime,
53] Et m'ôtant un tresor qu'il me vouloit ceder
Me le fit perdre alors pour le mieux posseder.

23. Qui rendent *égal* cet *hymen* pourtant conclu entre *d'inégales Maisons*.

FREDEGONDE

Quoi ? Matilde est sans tache ? elle est pure ?

RODOLFE

Ouy, Madame ;
Autant que du Soleil la lumiere et la flame.

FREDEGONE

J'admire les destins, et le soin qu'ils ont eu :
Quoy ? sans elle le Ciel a gardé sa vertu ?
Sauvé sa pureté, sauvé son innocence ?

RODOLFE

Contre moy, dans mes bras, et contre sa creance*.

FREDEGONDE

Contre la mienne aussi, contre la foy des yeux :
Donc l'honneur de Matilde est l'ouvrage des Cieux !
Leur grace, leur pouvoir paroît visible en elle.
Mais que n'a point commis mon amour maternelle ?
J'ay confessé ton crime ; et le Ciel par ce soin
A rendu contre toy ta Mere faux témoin :
Pour éclaircir l'erreur dans l'erreur je me plonge ;
La verité parlant proferoit un mensonge ;
[54] En t'offençant par où j'ay creu te conserver*,
J'ay failli de te perdre*, afin de te sauver.
Mais ma confession fausse autant qu'ingenuë,
Par le mensonge mesme, a ta grace obtenuë ;
Par mes pleurs attendri, par ton crime trompé
Charles levoit le bras, mais il n'a pas frappé.

RODOLFE

Que j'ayme son erreur, et le nœud qui m'engage !
Puis que ce crime feint cause ce mariage,
Que Matilde par là croit son honneur rendu ;
Que de grace me vient d'un crime pretendu !
Ma feinte* à cet effect fut bien prise, et couverte ;
Et je doy mon salut à mon crime, à ma perte :
Faux crime, douce erreur, d'où mes biens sont causez,
Tiens moy toûjours coûpable, eux toûjours abusez.

SCENE V

RODOLFE, LEOPOLDE, GARDES, FREDEGONDE

RODOLFE

Leopolde, yrons-nous où le Prince m'appelle ?

55] LEOPOLDE

Il vous attend, Seigneur, luy-mesme en la Chappelle ;
Où brille autour de luy tout Mâstric assemblé ;
Tout le Château, de Peuple, et de joye est comblé ;
Les Dames et la Cour, avec ceremonie,
Sont là pour voir Matilde avecque vous unie ;
Qui pleure dans la joye elle seule entre tous ;
Ferdinand la conduit ; et l'on n'attend que vous,
Pour voir l'heureuse fin d'un effect* si tragique ;
Matilde et luy dehors, l'allegresse est publique[24].

24. A l'exclusion de Matilde et de lui (Ferdinand).

RODOLFE

Le Prince ?

LEOPOLDE

A l'[25]augmenter se porte avec ardeur ;
Et pour marquer ce jour, comme vostre Grandeur,
Afin qu'à son accueil la pompe soit égale,
Il a fait preparer le Theatre, et la sale.

RODOLFE

Qu'auroit-on de nouveau, pour y representer ?

FREDEGONDE[26]

Qu'a pû pour ses plaisirs le Theatre inventer ?
Un Ballet ?

[56] LEOPOLDE

Non ; plustôt c'est une Tragedie.

RODOLFE

La Piece ?

LEOPOLDE

On la prepare ; elle est grande, et hardie.

RODOLFE

Les Acteurs, qui sont-ils ?

25. Pronom personnel mis pour *allégresse*.

26. Le texte à cet endroit indique par erreur *Frédéric*.

LEOPOLDE

Moy, d'autres à leur tour ;
Ce seront, en un mot, les plus grands de la Cour.

RODOLFE

Elle est sceuë ?

LEOPOLDE

Assez mal ; on l'étudie encore ;
Et tel[27] y doit joüer un rôle qu'il ignore.

RODOLFE

Le vostre ?

7] LEOPOLDE

Je le sçay ; mais on m'a fort aydé :
Pour mieux m'instruire encor Charles m'avoit mandé :
Pour renforcer la fin, la remplir davantage,
Il y veut ajoûter encore un Personnage[28].

RODOLFE

Son nom ?

LEOPOLDE

Ne se dit pas : c'est assez qu'entre nous
Vous sçachiez qu'il doit faire une Scene avec vous.

---

27. C'est Rodolfe, mais le texte joue précisément sur l'anonymat des acteurs de cette mystérieuse pièce.

28. Ce sera le bourreau.

RODOLFE

Une Scene avec moy ?

LEOPOLDE

Mais la plus importante :
C'est pourquoy depéchons ; le Prince est en attente ;
C'est trop tarder ; il presse ; et mon ordre est exprés ;
Afin d'aller à l'autre[29], et d'y vaquer aprés.

FREDEGONDE

Mes larmes ont enfin dissipé le nuage :
Allons donc terminer cet heureux mariage.

[58] RODOLFE

Allons, heureux Amant, joüir avec transport,
D'un don de la faveur, de mon Prince, du sort.

Fin du troisiesme Acte

29. L'autre ordre, qui est d'aller chercher Frédéric en prison.

59] ACTE IV

SCENE PREMIERE

FREDERIC, LEOPOLDE, GARDES

FREDERIC

Rutile m'a trahi ? quoy ? ce lâche, ce traitre ?
Funeste* à qui s'en sert, et funeste à son Maître ?
Qu'un gain leger invite à quiter le premier,
Et qu'une lâche peur fait trahir le dernier ?
Ce perfide joignant ses interests aux nostres,
Semble s'estre accusé, pour en accuser d'autres ;
Ce lâche, en perissant, cherche avec qui perir ;
Il s'expose à la mort, de crainte de mourir ;
Il se feint vertueux par un coup de foiblesse,
Fait passer pour remors la crainte qui le blesse,
Se trahit pour nous perdre, et sa confession
Pour le sauver affecte une punition :
Nous a-t-il bien osé dresser cette partie[1] ?
L'Imposteur !

LEOPOLDE

60] SON ALTESSE est de tout avertie ;

1. Tramer ce coup pour nous perdre.

Et l'un et l'autre crime enfin est declaré ;
Rodolfe confondu* l'a tantost reparé :
Que voudriez-vous nier ? ce soin est inutile ;
L'un est sceu par sa Mere, et l'autre par Rutile :
Il a tout découvert[2] ; ses regrets, ses remors
Luy faisant sans mourir endurer mille morts,
On eust dit avec luy la Vertu criminelle[3],
Qu'un crime l'imitoit, ou se changeoit en elle ;
Qu'elle se condanant par un effort pieux,
Et parloit par sa bouche, et pleuroit par ses yeux :
Le Prince aussi touché de pitié de sa peine,
Qui voit qu'en ce remors toute autre seroit vaine,
Au crime mesurant l'excez du châtiment
Console le Coûpable, et flatte* son tourment ;
Par un trait de douceur se montrant plus severe*,
Il l'abandonne enfin à sa propre misere :
Rutile, devenu son Juge et son Boureau,
R'entre dedans la Tour, et meurt sur le carreau,
Estoufé de sanglots et noyé dans ses larmes ;
Laissant, comme d'horreur, sa mort pleine de charmes.
Jugez si son remors par vous seul soupçonné[4]
Attendoit le pardon qu'il ne s'est pas donné ;
S'il chercha par dessein sa grace dans la vostre ;
Si la peur le jetta dessous l'appuy d'un autre ;
[61] Si mourant de regrets, de remors combattu,
Sa mort est un effect de crainte, ou de vertu.

---

2. Avoué.

3. La représentation de la *Vertu criminelle*, le visage tourmenté et ravagé par les larmes, constitue un formidable exemple moral, digne des recueils d'emblèmes alors en vogue, comme par exemple l'*Iconologie* de Ripa.

4. Regardé comme suspect.

FREDERIC

C'est un effect d'un cœur lâche et plein d'artifice,
Que la douleur saisit et la peur du supplice.

LEOPOLDE

Le Prince contre luy n'en a point ordonné :
Il s'est treuvé puni, mais non pas condanné.

FREDERIC

Assez est condamné qui se punit soy-mesme.

LEOPOLDE

Sans attendre autre arrest faites en donc de mesme :
Vostre teste est en butte à de plus rudes coups ;
La foudre ne peut plus tomber que dessus vous ;
Charles la tient en main, déja son bras s'apprête ;
Et je voy sur vous seul fondre cette tempeste :
Rodolfe en sa clemence a treuvé son appuy ;
Et vous devez payer pour Rutile et pour luy.

FREDERIC

Si Rodolfe est sauvé, ſonde[5] cette tempeste :
Vous avez mon espée ; allons donner ma teste :
2] Je ne resiste plus, je confesse plus qu'eux ;
Je suis le Criminel, et pa'ray pour tous deux :
Mon esprit en desseins, comme en vices, fertile
A corrompu Rodolfe, a suborné Rutile ;

---

5. *Que* est sous-entendu.

Et ce cruel esprit, cet esprit de fureur
A fait mourir Albert, et rempli tout d'horreur :
La voila, cette main, dedans son sang trempee :
Par qui fut sourdement la Victime frappee ;
La main suivit l'esprit ; l'Enfer les suscita[6] ;
L'un donna le conseil, l'autre l'executa.
Est-ce assez pour mourir ? mon crime est exemplaire.
Rodolfe n'a rien fait que de me laisser faire ;
Je luy rends, comme à moy, justice en confessant ;
Et je suis Criminel, comme il est Innocent :
Sa plus haute Innocence est pourtant ignoree :
Matilde faussement se croit deshonoree,
Se tient perduë à tort, luy coûpable en soupçon[7] ;
Et Charles est trompé d'une et d'autre façon.

LEOPOLDE

O Ciel ! que dittes-vous ?

FREDERIC

Une chose assuree.

LEOPOLDE

L'offense l'est bien plus, par sa Mere averee ;
[63] Fredegonde elle-mesme a confessé le faict.

FREDERIC

Fredegonde a plus dit, et creu plus qu'il n'a fait :
Toutes deux, pour le vray, n'ont pris que l'apparence ;

---

6. C'est l'enfer qui anima l'esprit et la main.

7. Lui n'étant coupable qu'en apparence.

Et Rodolfe à dessein nourit leur ignorance.

LEOPOLDE

Ignorance pourtant, dont l'hymen est le fruict ;
Il suppose le crime, et le paye, et le suit.
Rodolfe en cet instant prend Matilde pour femme :
Qui repare, se dit coûpable dans son ame ;
Si le crime estoit faux, s'il n'estoit assuré,
Luy rendroit-il l'honneur ? l'auroit-il reparé ?

FREDERIC

Il épouse Matilde ? et c'est ce qu'il demande ;
Il épouse Matilde ? Ah ! que sa joye est grande !

LEOPOLDE

Ce qu'a sceu tout Mâstric, quoy donc ? l'ignorez-vous ?

FREDERIC

Ces effets* sont si promts, bien que connus de tous,
Qu'estant allé mettre ordre aux portes de la Ville
J'ay de vous seul appris la prison de Rutile.
[64] Rodolfe est marié ?

LEOPOLDE

Déja mesme au festin.

FREDERIC

Que je m'estime heureux, par son propre destin !
Si le mien est cruel, l'autre me plaît de sorte
Qu'il n'est point de douleur que ce plaisir n'emporte[8] :
Ciel ! je suivray* content ce que vous resoudrez.

8. Ne fasse oublier.

LEOPOLDE

Allons donc.

FREDERIC

A la mort ; par tout où vous voudrez.

[65] ### SCENE II

FERDINAND,

Que voy je ? Frederic, que Leopolde emmeine ?
Quoy ? Rodolfe triomphe, et laisse l'autre en peine ?
Dans le luxe[9] et la joye il nage maintenant ;
Et l'on tient d'autre part saisi son Lieutenant ?
L'un soufre les tourments que l'autre dust attendre ?
Quels caprices du sort ! qui pouroit les comprendre ?
CHARLES, par des effects* qui trompent le plus fin,
Semble confondre tout, avecque[10] le destin ;
De mesme qu'un éclair, qui luit pour disparaitre,
Sa Justice menasse, et puis espargne un traître.
Qu'ay-je dit ? il l'espargne ? en soufrant cette loy
Nous croirons que c'est peu pour Matilde et pour moy ;
Mais il le recompense, et la luy donne encore ;
Mais Matilde est le prix du crime qu'elle abhorre :
Contre mes interests eloquent et trop fort
Enfin je l'ay portée à l'hymen, à ma mort :
Je l'ayme sans espoir, lors qu'Albert la possede ;
Quand je puis l'esperer, je la donne et la cede ;

9. Abondance de biens.

10. En même temps que.

6] Et telle est la rigueur de mon sort amoureux,
Que ma foy*, mon mal-heur fait par tout des heureux.
Mais c'est trop contre moy faire le magnanime ;
Soyons le[11] à d'autres coups[12], et punissons le crime ;
Ayant sacrifié MATILDE à son honneur,
Sacrifions au mien un traître, un suborneur ;
Allons chercher Rodolfe[13] ; et d'une main armee
Vangeons ensemble Albert, et l'Amant, et l'aymee ;
Par un coup genereux*, et du Ciel ordonné,
Otons luy ce tresor, que nous avons donné ;
Ayant sauvé par là l'honneur d'une Maîtresse,
Sauvons la, par ce coup, d'une main qui l'oppresse* ;
Justifions le Ciel, et nous, par son trespas,
En faisant qu'il l'espouse, et n'en joüisse pas.
Qu'il meure donc ; l'honneur, le Ciel me le commande :
Allons verser son sang ; Albert me le demande ;
Allons, pour contenter son Ombre, et mes desirs,
Immoler sa Victime au milieu des plaisirs ;
Sauvons, sauvons Matilde ; allons, l'heure nous presse.

7] SCENE III

DIONEE, FERDINAND,

DIONEE

Ouy, venez, sauvez la ; vers vous elle m'addresse ;

---

11. Le vers compte 13 syllabes : il faut élider le pronom personnel : *Soyons l'(e) à d'autres coups, et punissons le crime.* (voir v. 132 et 514).

12. Dans d'autres circonstances.

13. Allons à la rencontre de Rodolfe.

Elle attend et demande encor vostre secours.

FERDINAND

Il est prest, Dionée ; il est juste ; et j'y courts :
Son honneur est sauvé ; sauvons donc mon estime ;
Ce sacrifice attend la derniere victime ;
Par la mort de Rodolfe il doit estre achevé ;
Le coup en est tout prest, et j'ay le bras levé ;
Mon cœur, avant le fer, dedans son sang se noye ;
Il ne joüira pas, le traitre, de sa proye ;
L'honneur la luy ceda ; qu'il la rende à l'honneur :
Va reprendre, mon bras, ce que j'ote à mon cœur ;
Suivons contre un devoir, un devoir necessaire ;
Retirons la des mains d'un violent Corsaire[14].
N'est-ce pas le secours que de nous elle attend ?

DIONEE

Non ; un plus difficile, et tout autre pourtant,
[68] A son dernier essay* doit eslever vostre ame ;
Puis que c'est pour Rodolfe, et contre vostre flame.

FERDINAND

Quoy ? pour Rodolfe ? au poinct de[15] le priver du jour ?
Que reste-t'il à faire encore à mon amour ?

DIONEE

Beaucoup plus que n'a fait toute vostre constance ;
Puis qu'il faut contre vous prester vostre assistance.

---

14. Malfaiteur.

15. Voir v. 120.

FERDINAND

Contre moy ? Parle donc ; j'y suis accoûtumé :
Que veut-elle d'un cœur à demi consumé ?
Faut-il, pour contenter mon sort, et son envie,
Perdre aux yeux de Rodolfe et l'amour et la vie ?
Allons, mon desespoir, montrons par cet effort*
Que rien n'a declaré mon amour que la mort.

DIONEE

Cet effort trop cruel en vain luy viendroit dire
Ce qu'elle a reconnu, qu'elle sçait, qu'elle admire.

FERDINAND

Elle sçait mon amour ? Qu'ay je fait,[16] mal-heureux,
Pour perdre ainsi le fruict de mes soins* amoureux ?
9] Quoy ? ma flame et ma foy* sont par là ruinees ?
Quoy ? je perds en un jour les maux de six annees ?
Tant de muets tourments, tant de vœux, de respects
Perdront donc leur merite, et deviendront suspects ?
Ah ! Charles ! de tous poincts vous conspirez ma perte ;
Vous connûtes ma flame, et l'avez descouverte :
Matilde la sçait donc ? elle sçait mon ennuy* ?
On a trahi mon cœur ? c'est Charles, ouy, c'est luy.

DIONEE

Non, ce n'est pas le Prince.

16. Après *Quay je fait*, le texte indique un point d'interrogation que nous rejetons en fin de phrase. De même au vers 1125, où le point d'interrogation était initialement placé juste après *Et qui donc*.

FERDINAND

Et qui donc, Dionée ?
Par qui fut mon amour connuë ou soupçonnée ?
Qui fit lire Matilde en mes intentions ?

DIONEE

C'est moy-mesme, c'est vous, ce sont vos actions ;
Par elles, elle a veu combien elle est aymee ;
Et je l'ay sur ce poinct moy-mesme confirmee ;
Elle sçait vostre amour, en admire l'excez ;
Pouviez-vous en attendre un plus heureux succez ?

FERDINAND

Quoy qu'elle ait pû connoître, ah ! tu devois te taire :
Ay-je fait action, qui ne fust un mistere ?
[70] Action, qui ne fust, pour cacher mon tourment,
Et contraire à l'amour, et contraire à l'Amant ?
Reparons ton erreur, allons perdre la vie ;
Comme mon desespoir, ta faute m'y convie :
Sans perdre, à t'accuser, le temps de mon trespas,
Ma plainte est en ma main[17].

DIONEE

Ne desesperez pas.

FERDINAND

Pour conserver* Matilde, et pour sa delivrance,
Puis-je ailleurs qu'en mon bras treuver de l'esperance ?

---

17. Sa main, en lui faisant perdre la vie, exprimera sa plainte amoureuse.

DIONEE

Ah ! si vous m'escoutiez…

FERDINAND

Parle ; n'est-elle pas ?…

DIONEE

Ouy, femme de Rodolfe.

FERDINAND

Et déja dans ses bras ?

DIONEE

Non ; elle en est tiree, et n'y doit jamais estre ;
Et le Ciel la conserve*, en despit de ce traître ;
La faveur n'a rien pû contre une telle loy.

FERDINAND

O Dieu ! que me dis-tu ?

DIONEE

Beaucoup : escoutez moy.
Sorti du lieu sacré, de la ceremonie
Sur un si grand hymen ordonnee et finie,
Charles voulant ce jour tout conduire à sa fin[18]
Avoit déja quité la table et le festin :
Son soin agit par tout ; les Dames conviees
Sont avecque Matilde en la salle envoyees ;

18. Indication du respect de l'unité de temps.

Tandis qu'avec Rodolfe il va faire apprester
La Piece qu'au Theatre on doit representer.
Déja dedans la salle en attente laissees,
Et sur des eschaffaux[19] superbement placees,
Les Dames témoignoient un desir curieux
De prester aux Acteurs et l'oreille et les yeux.
Le Prince revenu voyant ce grand silence,
Leurs esprits suspendus, leurs desirs en balance,
Immobile, réveur, et quelque peu confus :
Tout est prest, sus, dit-il, mon cœur, ne tardons plus.
[72] Il se leve, il fait signe : On ouvre le Theâtre.
On void sur le devant un grand tapis[20] s'abbattre,
De flambeaux esclairans les deux côtez bordez ;
Deux hommes au milieu, dont l'un, les yeux bandez,
Teste nuë, à genoux, le col[21] sous une lame,
Alloit dans un moment rendre le sang et l'ame :
L'autre pour un tel coup tirant le coutelas
N'attend que le signal[22], que Charles ne fait pas.
Ce spectacle nous tient dans une peine extréme
Fredegonde s'escrie, et Matilde de mesme[23].

---

19. Ici : *estrades, gradins* ; mais le sens actuel de *plateforme où l'on exécute les condamnés*, également usuel au XVIIe siècle, est employé au vers 1576.

20. Ce tapis, dit aussi *tapisserie*, est un rideau mobile destiné à cacher ou dévoiler un de ces compartiments qui constituent jusque vers 1640 le *décor simultané* des théâtres parisiens. A l'époque du *Jugement équitable*, le décor simultané a été abandonné au profit de l'unité de lieu, mais l'évocation de ce *tapis* qui s'abat seulement après que le rideau a été ouvert tend à produire un double effet : magnificence, et retardement de la révélation du contenu du spectacle.

21. Le cou.

22. Le texte indique *sinal.*

23. Mareschal transpose, dans un récit, un jeu de théâtralisation de la mort qu'il avait donné à voir dans *La Cour bergère*, tragi-

FERDINAND

O foiblesse de femme ! ô spectacle imposteur !
Pourquoy doncque ces cris ? pour sauver un Acteur ?
Quel soin* !

DIONEE

C'estoit Rodolfe, ouy, Rodolfe en personne.

(suite n. 23) comédie publiée en 1640, où il avait placé une exécution sur une scène intérieure.

« Pamele paroît, les mains liées, les yeux bandez, la gorge nüe, et un Bourreau derrière elle, qui tient un coutelas à la main, et suit deux hommes qui menent cette Princesse au lieu du supplice, qui sera un lieu élevé au fonds du theätre, et qui se découvrira, la tapisserie estant levée.

PHYLOCLEE
(voyant Pamele en cet estat)
Ah ! Zelmare, je meurs.

ZELMANE
Quel étrange spectacle !

(...)

PAMELE

Hélas !

PREVOST

Quittez les cris, et songez à vostre ame.

Acheve. Executeur.

Le Bourreau, ayant le bras levé prest à lâcher le coup, on laisse tomber la tapisserie, et Phyloclée s'évanouit. (...).

Comme elle regarde l'échafaud, la tapisserie estant levée, elle voit le corps de Pamele tout ensanglanté, et la teste dans un bassin sur une table. » *La Cour bergère* (IV, 6).

En réalité, on apprend à la fin de la pièce que tout cela n'était qu'une fausse exécution destinée à terroriser Phyloclée, la sœur de Pamele.

FERDINAND

Ah ! ce discours enfin me surprend et m'étonne* :
C'estoit Rodolfe ? ô Ciel !

DIONEE

Tout ce pompeux[24] apprest
S'estoit fait pour sa mort, et pour ce grand Arrest.

[73] FERDINAND

Rodolfe ? dans la pompe, au poinct[25] d'une conqueste ?

DIONEE

A qui le boureau prest devoit trancher la teste.

FERDINAND

Quel revers de fortune ! estrange changement !
Quel esprit eust conceu ce divin JUGEMENT !
Charles, que ta Justice est haute, et merveilleuse[26] !
Que Rodolfe la treuve obscure et perilleuse !
Dans son juste mal heur je le plains, et[27] son sort ;
Que ce coup est fatal ! Mais enfin est-il mort ?

DIONEE

Comme l'on attendoit encore pour le reste
L'ordre dernier du Prince et ce signe funeste* ;

24. Empreint de pompe, de grandeur (sans nuance péjorative).

25. Voir v. 120.

26. Extraordinaire, miraculeuse.

27. Ainsi que.

Des Dames assiegé, battu de leurs accens[28],
Et forcé du combat qu'il soufroit dans ses sens,
Charles sur leurs transports, dans une peine égale,
Eschappant à leurs cris, eschappant de la sale,
Sans avoir fait ce signe au Theatre attendu,
Laisse l'Acte à remplir, et l'effect* suspendu.
Ces Dames sans respect le suivent, et le pressent ;
Dans un trouble si grand tous parlent, s'interessent ;
[74] Et Matilde en passant m'a dit pour tout discours :
Va, cherche Ferdinand, qu'il vienne à mon secours ;
J'ay besoin de son cœur et de son assistance :
Elle coule[29] à ces mots, et me quite, et s'avance.
Tandis j'ay pris ce temps, m'efforçant de sortir,
Pour vous chercher par tout, et vous en avertir ;
Mais plus pour vous donner un reste d'esperance.

FERDINAND

Ou plustôt pour accroître encore ma soufrance.
Matilde attend mon ayde, elle implore ma foy* ;
Mais pour qui ? pour Rodolfe, et mesme contre moy :
N'importe ; obeissons ; et malgré mon envie,
Prest de verser son sang, allons sauver sa vie ;
Une seconde fois remettons de ma main
Un poignard dans mon cœur, et Rodolfe en son sein ;
Pour le tirer du goufre, allons au precipice ;
Combattre en sa faveur Charles, et sa Justice ;
Porter contre le Ciel, contre un si juste Arrest,
Contre mes propres vœux d'un Traître l'interest :
Allons, mon cœur, allons ; Matilde nous appelle ;
Ne faisons rien pour nous, mais faisons tout pour elle.

---

28. Fatigué de leurs cris.

29. *Elle coule :* elle s'échappe.

[75] SCENE IV

MATILDE, DIONEE

MATILDE

Charles est eschappé ; tous nos efforts sont vains ;
Et le seul Cabinet[30] l'a sauvé de nos mains ;
Sa chambre n'ayant pû luy servir de retraite,
Il nous a dans ce lieu sa presence soustraite ;
Sa fuite a contre nous cet azile treuvé.

DIONEE

Mais Rodolfe, Madame, est-il mort, ou sauvé ?

MATILDE

Il n'est ni l'un ni l'autre ; et les pleurs de sa Mere
Suspendent le supplice, et font qu'on le differe :
Elle n'a sceu du Prince obtenir quelque temps,
Que pour luy reveler des secrets importants,
Qui regardent l'Estat, dit-elle, et sa personne,
L'interest de Rodolfe, et sa propre Couronne.
Ah ! quel secret retarde un trespas preparé,
Qui peut n'arriver point, comme il est differé ?
Quoy que Charles pour lors n'ait pas voulu l'entendre,
Que luy doit-elle dire ? et moy, que doy-je attendre ?
[76] Que de trouble accompagne un si grand JUGEMENT !
Nulle fin ne respond à son commencement.
D'Albert, de mon honneur poursuivant la vangeance,
Comme si contre eux deux j'estois d'intelligence,
Pour mon honneur, dit-on, pour fin de mes travaux*,

30. Lieu le plus retiré d'un appartement princier, le seul où les courtisans (qui peuvent entrer dans la chambre : v. 1221) n'ont pas accès.

Il me faut espouser l'auteur de tous mes maux ;
Et quoy que je resiste, et quoy que je reclâme,
Un pouvoir souverain me force et rend sa femme[31] :
A peine ay-je loisir de plaindre mon mal-heur,
Que l'on le sacrifie à ma juste douleur ;
Sur un pompeux Theatre, au milieu de la joye,
Celuy qui m'a tout pris devient enfin ma proye ;
Et le Prince et le Ciel portent de mesmes coups
Sur l'Amant, l'Assassin, le Voleur, et l'Espoux :
Par tant de changements j'admire leur Justice ;
Quand le destin se change encor dans le supplice ;
Et veut faire eschapper par un tel changement
Le Mary, le Voleur, l'Assassin, et l'Amant.
Si c'est pour cet effect que le destin balance,
Charles peut oublier Albert, la violence,
Mon deshonneur, son sang, mon outrage, et sa mort ;
Differer le supplice, et suspendre le sort ;
Porter, par un surcroît d'une faveur supréme,
L'Assassin, le Voleur jusqu'en son trône mesme :
Mais, l'eust-il couronné pour estre mon Espoux,
C'est une qualité qu'il n'aura pas de nous :
77] Non, ne crains point, Albert, qu'à ton rang il succede ;
Sa mort te doit vanger, comme elle est mon remede.

DIONEE

Sa mort ? Que dittes-vous, Madame ?[32] ou qu'ay-je fait ?
J'ay prié Ferdinand d'empécher cet effect ;
Il va de vostre part, pour derniere assistance,
Prier pour luy le Prince, implorer sa clemence.

---

31. Et [me] rend sa femme.

32. Dans le texte, le point d'interrogation est placé après *Que dittes-vous*.

MATILDE

Quoy ? pour me conserver Rodolfe pour Espoux ?

DIONEE

C'est ce que je croyois ; et qu'il fera pour vous.

MATILDE

Mais contre moy plustôt : Helas ! que vas-tu faire ?
Me perdre en m'obligeant, trop pieux Aversaire[33] :
J'avois contre Rodolfe à toy-mesme recours ;
Quelle erreur ! contre moy tu luy prestes secours.
Prevenons* sa franchise[34], et cette erreur secrette ;
Allons le détromper.

DIONEE

Quelle faute ay-je faite ![35]

Fin du quatriesme Acte

---

33. Adversaire. Il est également orthographié de cette manière au vers 1538.

34. Sa liberté, plus exactement son geste libre et généreux.

35. Nous ajoutons ici un point d'exclamation, qui ne figure pas dans le texte.

78]

ACTE V

SCENE PREMIERE

CHARLES, FREDEGONDE, FERDINAND, LEOPOLDE,

CHARLES

Me suivrez-vous par tout ? ah ! que mal à propos
Vous redoublez ma peine, et troublez mon repos !
Quel Heros n'eut ployé dessous ma destinee ?
Voicy de mes labeurs[1] la plus grande journee :
Laissez moy soûpirer, ou respirer du moins,
Exhaler ma douleur, sans trouble et sans tesmoins :
Vous plaignez vostre perte ; et la mienne est plus grande :
Vous demandez Rodolfe ; et je me le demande.

FREDEGONDE

Rendez le[2] à vostre amour, Seigneur, rendez le nous ;
Las ! je demande un Fils.

1. Epreuves.
2. L'élision est ici une nouvelle fois nécessaire.

FERDINAND

Et Matilde un Espoux ;
[79] Elle l'a de vos mains ; luy faut-il vous le rendre ?
Ne l'avez-vous donné, qu'afin de le reprendre ?
Seigneur, s'il l'offensa par ses crimes passez,
Le titre de Mary les a tous effacez ;
D'implacable Ennemie, et de Veuve oppressee
Elle est de son destin Compagne interessee[3] * ;
Ce titre de Mary desarme son couroux :
Rodolfe fut coûpable, et non pas son Espoux ;
Par cette qualité, quoy que mal assortie,
Il n'est plus Criminel, ni Matilde Partie.

CHARLES

Je suis leur Juge encor ; tout grand, tout favory,
Je puniray Rodolfe, et non pas son Mary.

FREDEGONDE

Ainsi que leur fortune à present est unie,
On ne le peut punir qu'elle ne soit punie ;
Voulez vous violer vous-mesme vostre Arrest ?
La[4] vanger au delà de son propre interest ?

CHARLES

Que deviendroit le mien, ma Justice, et ma gloire ?
Oubliez-vous Albert ? il est dans ma memoire.

---

3. *D'implacable Ennemie, et de Veuve oppressee*
Elle est [devenue] *de son destin Compagne interessee.*

4. Par erreur, le texte indique *le*.

FERDINAND

Il est dedans son cœur; il est dedans le mien.

0] FREDEGONDE

Rodolfe, comme Espoux, doit estre dans le sien :
Trop pitoyable* à l'un, à l'autre trop cruelle,
S'il luy faut offenser l'union mutuelle,
Peut-elle sans horreur, par un mortel effort*,
Sur un vivant Mary vanger un Mary mort ?

CHARLES

On luy fait prendre trop l'interest d'un Infame.

FREDEGONDE

Quel plus fort interest touche une honneste femme,
Qui voit jointe sa honte à celle d'un Espoux ?
Infame ? O nom honteux ! quoy ? tel le rendrez-vous ?

CHARLES

Tel, tel il s'est rendu luy-mesme par ses crimes ;
Et tel il rend encor mes rigueurs legitimes ;
Tel il offense trop un cœur qui l'honora ;
Tel je le doy punir ; tel enfin il mourra.
Qu'on le depéche* : Allez, Leopolde, et sur l'heure ;
De méme Frederic ; que l'un et l'autre meure.

Leopolde y va.

FREDEGONDE

Qu'il meure ? Helas ! Mon Fils ? Mais qu'est-ce que j'attends ?
1] Diray-je plus ? Disons, ah ! parlons ; il est temps :

Mais je ne puis. Lisez sa fortune, et la nôtre.
Elle luy presente deux billets.

CHARLES

Je cesse d'estre Mere[5] *; et ce Fils est le vôtre.*

Et ce Fils est le mien ?

FREDEGONDE

Ouy, le vostre, Seigneur ;
Ou pour mieux m'expliquer, c'est le Fils de ma Sœur ;
D'une rare Beauté, dont vostre ame charmée
En ayme encor la cendre au Tombeau renfermée ;
D'un Astre de la Cour, à vos yeux éclypsé,
Et qui, comme un éclair, en brillant a passé.

CHARLES

Ah ! cet éclair, sortant d'une mortelle nuë,
Fait tonner dans mon cœur, frappe encore ma veuë.
Qu'ay-je appris d'un billet ? Mais lisons le second.

Je meurs : Consolez vous : mon trépas est fecond.
ERYTREE[6].

[82] FREDEGONDE

En mourant, deux jours aprés sa couche,
Elle écrivit ce mot.

5. Voir les vers 722 à 724. Ce premier billet est de Frédégonde ; le second fut écrit par la mère de Rodolfe, Erytrée (v. 1332).

6. Sur le plan prosodique, Erytrée constitue les trois premières syllabes du v. 1333.

CHARLES

Ah ! que ce mot me touche !

FREDEGONDE

Pour cacher donc sa faute, ainsi que vostre amour,
Et sauver son honneur, elle quitta la Cour :
Je la retire aux champs ; où, Sœur officieuse*,
Que son mal, que ma foy* rendit ingenieuse,
Je faignis d'estre grosse ; en suite mon Espoux,
Par les guerres depuis attaché prés de vous,
Se creut Pere d'un Fils né pendant son absence ;
Fils pourtant de ma Sœur : et voila sa naissance :
Doux fruict de vostre amour, seul fruict de ses appas* :
Quoy ? la Nature en vous ne le dit-elle pas ?[7]
Le sang n'entend-il point sa voix forte et secrette ?
Vostre cœur est-il sourd ? seroit-elle muette ?

CHARLES

Quoy ? Rodolfe est mon Fils ? O Dieu ! qu'ay-je entendu ?

FREDEGONDE

La Nature, qui parle, et qui vous l'a rendu ;
3] Par escrit, par ma voix sa Mere le[8] reclame :
Croyez moy ; croyez la, lors qu'elle se diffame* ;
Soufrez ce Fils, soufrez mon fidele rapport ;
J'ayme mieux en rougir, que rougir de sa mort.

---

7. Nous rétablissons le point d'interrogation oublié dans le texte.

8. Le texte indique *la*.

CHARLES

Pourquoy songer si tard à sa reconnoissance ?
Luy cacher, comme à moy, son rang et sa naissance ?

FREDEGONDE

Pour ne point donner lieu d'ombrage à mon Espoux,
Que le vent de ce change[9] eust pû rendre jaloux ;
Qui vit avant sa mort, de gloire couronnées
Ce Rodolfe en faveur commencer ses années ;
Et ces mesmes grandeurs où vostre amour l'a mis,
Le caressant[10] en Pere, ont caché vostre Fils :
Comblé de vos faveurs, redoutable en puissance,
Il vint par la fortune aux droits de sa naissance :
Pourquoy, l'ayant celé par honte et par mes soins,
Le dire vostre Fils ? que paroissoit-il moins ?
Mais helas ! par sa mort, sur quoy que je me fonde,
Que paroistra-t'il moins aux yeux de tout le Monde ?
Si sans l'avoir connu, vous l'avez eslevé,
Le perdrez-vous ainsi, quand vous l'avez treuvé ?
Voila ce grand secret, cet important mistere,
Où je rends pour ma Sœur ce Rodolfe à son Pere :
[84] Il est temps de le suivre, au moins s'il m'est permis,
Ou pour aller pleurer, et voir mourir son Fils ;
Ou pour me consoler, et voir sauver le vostre.

9. Changement.

10. Le flattant.

SCENE II

CHARLES, FERDINAND.

CHARLES

Le mien ? parle, mon sang ; quoy, mon cœur, est-il nôtre ?
Mais pourois-je en douter, si plus fortes que tous
Mes propres actions le disent comme vous ?
Icy tout se rapporte, et le temps, et son âge,
Et son front*, et ses yeux ; en faut-il davantage ?
Outre que mon amour le semble declarer,
Le Ciel mesme, le Ciel me le vient inspirer :
Mais en meschancetez le figurant insigne,
S'il dit qu'il est mon Fils, il l'en dit estre indigne :
Le destin a regret de me le presenter,
Puis qu'au poinct qu'il le donne il me le vient oster ;
Il condanne sa teste, il proscrit sa personne ;
C'est moins à mes Estats qu'à la mort qu'il le donne :
Quoy ? Rodolfe à la mort ? quoy ? mon Fils au trépas ?
Ma bouche, parle mieux ; non non, il ne l'est pas :
85] Mais quand il le seroit, et qu'en faveur d'un Traitre
Ma douleur ma pitié me le feroient connaître ;
Quand par un sentiment naturel et secret
Je l'aurois avoüé moy-mesme en ce regret ;
Quand l'amour, quand mon cœur le rendroit manifeste :
Je refuse, Nature, un present si funeste ;
Ce fruict est trop amer que tu me viens offrir,
Je le cede à la Mort, et ne le puis soufrir.
Qu'elle le prenne donc.

SCENE III

MATILDE, DIONEE, CHARLES, FERDINAND.

MATILDE

Arrestons, Dionée ;
Je n'ose l'aborder, tant je reste estonnée :
Rodolfe est fils du Duc ? Fredegonde le dit :
Quel secret ! Mais oyons.

DIONEE

Le Prince est interdit.

[86] FERDINAND

Vous pouvez refuser ce don de la Nature :
Mais l'oster à Matilde est luy faire une injure* ;
La Mort auroit un bien, que vous avez donné ?

CHARLES

L'offrant à l'une, il fut à l'autre destiné :
A toutes deux par droict je le donne en victime ;
Pour l'honneur, à Matilde ; à la mort, pour le crime.

FERDINAND

Regardez le, Seigneur, d'un œil un peu plus doux,
Ou comme vostre Fils, ou comme son Espoux.

CHARLES

Comme traître et méchant, mon cœur le considere ;
Mais indigne par là d'estre Fils d'un tel Pere :
Comme assassin d'Albert, dans le vice nouri ;
Mais indigne par là d'estre aussi son Mary.

FERDINAND

Quoy qu'il ait fait, Seigneur, quoy qui le deshonore,
C'est toûjours son Espoux, c'est vostre Fils encore ;
Et la main d'un boureau fait rejaillir son sang
Jusques sur vostre trône, et ternit vostre rang :
87] Regardez vous, Seigneur, et non pas sa personne ;
Ne luy pardonnez point, mais à vostre Couronne :
Contre un Prince si grand les loix parlent en vain ;
On respecte une mort qui touche au Souverain :
Matilde par l'hymen voit sa perte remplie[11] ;
Un Prince l'épousant, la Justice accomplie
A fait la recompense*, et la punition.

CHARLES

Et prend son dernier poids de mon intention :
Matilde cede au sort, et je prens sa deffense ;
Elle seroit le prix du crime qui l'offense :
Non ; son honneur consiste, Arrest, et peine, et fruict
En Rodolfe espousé, mais Rodolfe destruit.

MATILDE

C'est comme mon honneur, comme Albert le demande,
Comme on peut reparer une injure* si grande ;
Ostez ce nom d'Espoux, il ne le fut jamais,
Sans mon consentement, et contre mes souhaits ;
Et Prince, et Fils, il m'est horrible, espouvantable :
Cet hymen à tous deux n'est nullement sortable[12] ;
Le tenez vous pour Fils ? je suis trop au dessous ;
Et l'Assassin d'Albert est indigne de nous :

11. Réparée.

12. Assorti, convenable.

Aussi je desavoue, et mon cœur en soûpire,
Tout ce qu'en sa faveur Ferdinand a pû dire.

[88] FERDINAND

Quoy ? Madame.

MATILDE

Je sçay qu'un faux commandement
Vous a, pour me servir, donné ce mouvement ;
L'intention fut juste, et la mienne deceuë* :
J'attends de cette erreur une contraire issuë.
Ouy, Seigneur, ouy, j'attens de vostre integrité
Ce grand trait de justice et de severité :
Contre son Favory j'arme un Prince qui l'ayme ;
C'est trop peu ; j'arme un Pere, et contre son Fils mesme.
Il est vray qu'au plus fort de mon juste couroux
La pitié me saisit, lors que je pense à vous ;
L'estat où l'on vous voit, où je me voy reduite,
M'ordonne et me deffend la voix, et ma poursuite ;
C'est un Pere, qui vange ; un Fils, qu'il doit punir ;
Je demande sa mort, et n'ose l'obtenir ;
Le demandant au Pere, il me ferme la bouche :
Ne vanger pas Albert ? perdre* un Fils qui vous touche ?
Seigneur, pour accorder mon respect et ma foy ;
Punissez et vangez l'un et l'autre sur moy ;
Empeschez par ma mort, où gît mon allegeance,
Ce crime de pitié, ce crime de vangeance ;
Puis qu'enfin je ne fay que de coûpables vœux,
Ma mort satisfera pour moy, pour vous, pour eux.

9] CHARLES

Vous estes innocente, et je serois coûpable ;
Faut-il perdre le fruict d'un Arrest équitable ?
Vous, celuy d'appaiser Albert et le vanger ?
Moy, de punir le crime, et de vous soulager ?
Pour punir deux trais noirs de violence extréme,
Faisons faisons agir la violence mesme :
Rodolfe ayant payé de ses biens, de sa foy*,
Est quite envers l'honneur ; mais il doit à la loy ;
Le tort est reparé, non le crime et le vice ;
L'honneur est satisfait, et non pas ma Justice ;
Le JUGEMENT rendu, non pas tout achevé ;
Et l'exemple se perd, si Rodolfe est sauvé ;
Sa mort seule remplit[13] ce fatal Hymenee,
Et sa tête pour dot à Matilde est donnee ;
Ce mariage horrible, en tout deffectueux,
Devient par son trépas et juste et fructueux,
S'il vit, je suis Tyran ; Matilde est oppressee* :
S'il meurt, je suis bon Prince ; elle est recompensee*.
Ouy, ouy ; qu'il meure donc, ce Rodolfe insolent*,
Et comme un Assassin, et comme un violent :
Enfin pour me punir moy-méme en sa misere,
De regret de sa mort, de regret d'estre Pere,
Et juste démolir ce qu'injuste je fis[14],
Qu'il meure, le Coûpable, encor comme mon Fils.
0] Comme mon Fils ? qu'il meure ? Ah ! Barbare, que dy-je ?
Pere desnaturé, veux-tu faire un prodige ?
Non ; tu dois le sauver : Non, tu dois le punir ;

13. Accomplit, termine.

14. En ayant un enfant illégitime.

Fais en un grand exemple aux siecles à venir :
Ouy, qu'il meure.

SCENE IV

LEOPOLDE, CHARLES, FERDINAND, MATILDE.

LEOPOLDE

Il est mort ; et la Parque severe*
Vient de ravir Rodolfe.

CHARLES

Et va ravir son Pere.

[91] LEOPOLDE

Son pere ?

FERDINAND

C'est luy-méme, il est tel reconnu ;
Voy jusqu'où, sans sa mort, Rodolfe estoit venu[15].

LEOPOLDE

Je le sçay : Mais pensant divulguer ce mistere,
Puis qu'on le sçait aussi, je n'ay plus qu'à me taire.

CHARLES

Il est mort ? je le perds lors que je l'ay treuvé ;

---

15. Vois quel rang Rodolfe aurait atteint.

Un jour me donne un Fils, un jour m'en a privé :
Nature, c'est trop peu, n'attens pas que je pleure ;
Si mon sang est versé, faut-il pas que je meure ?
Parle, pour me tuer acheve ce rapport,
Dy, Leopolde, dy…

LEOPOLDE

C'est tout dire ; il est mort :
Mais il est mort, Seigneur, avec une constance,
Qui des cœurs et des yeux de toute l'assistance
A fait comme ondoyer, à grands vents, à grands flots,
Une mer de soûpirs, de pleurs, et de sanglots :
Il est vray qu'une perte à la sienne mélee,
La mort de Frederic, a son ame ébranlee[16].
M'est-ce peu de mourir, et mourir dans Mâstric ?
Quoy ? l'on me joint, dit-il, encore Frederic ?
Est-ce icy, cher Cousin, le fameux champ de gloire
Qui devoit élever nos noms à la memoire ?
Compagnon de ma vie, aujourd'huy de ma mort,
Est-ce où te destinoit ma faveur et mon sort ?
92] D'une grandeur extréme est-ce icy le theâtre ?
On les void d'amitié l'un et l'autre combattre,
Et comme à quelque honneur l'un par l'autre invité
Se disputer la mort avec civilité ;
Tous deux ont de l'ardeur, et de la deference :
Rodolfe le plus jeune, en cette concurrence,
Aussi ferme de cœur, mais plus promt, comme tel
Passe et va le premier dessous le coup mortel ;
Sa qualité, son rang, contre le droict d'aînesse,

---

16. A l'origine, le texte était ponctué comme suit :
Il est vray qu'une perte à la sienne mélee :
La mort de Frederic a son ame ébranlee ?

De ce triste avantage honorant sa jeunesse.
    Cependant Fredegonde arrivee en ce lieu,
Pour le baiser dernier, pour le dernier adieu
Dans ses larmes mélant ce qu'un cœur a de tendre
Tient Rodolfe embrassé, me conjure d'attendre ;
Et par pleurs sur mon ordre obtenant un moment,
L'entretient en secret, devant moy seulement ;
Luy revele en deux mots son rang et sa naissance,
Et tout ce dont vous meme avez la connoissance.
Rodolfe n'en paroît étonné* ni confus ;
Moy, je reste interdit, si jamais je le fus ;
Un tel sang à verser me rend presque immobile :
Mais ce temps écoulé ne fut pas inutile :
Frederic prevenant* un semblable débat,
Offre au Boureau sa téte ; et d'un coup il l'abbat.

[93] MATILDE

Cet Assassin d'Albert meurt pour le satisfaire ;
Mais voyons suivre, honneur, ton mortel Aversaire[17].

CHARLES

Termine en peu de mots sa vie, et ma langueur ;
Qu'un fer frappe sa tête, et ta langue mon cœur ;
Parle, acheve.

LEOPOLDE

                Immobile en cette charge expresse
J'attens un nouvel ordre, et le premier me presse.
Rodolfe sans frayeur retournant sur ses pas :

17. Adversaire (voir v. 1270).

Au moins, j'yray, dit-il, bien plus noble au trépas ;
Rejoignons Frederic, c'est trop le faire attendre :
Mais comme il voit son corps que l'on venoit d'étendre ;
D'un cœur ému, surpris, et non pas en deffaut :
Il m'attend en effect, dit-il ; mais c'est là-haut :
Allons donc l'y rejoindre, et trop honteux de vivre
Ayons, méme en la mort, cette honte de suivre*.
Puis s'adressant à moy, non sans quelques soûpirs :
Pour testament de mort, et pour derniers desirs,
Vous puis-je, poursuit-il, obliger à deux choses
Dans qui mes volontez seront toutes encloses ?
Je l'invite aussi tôt à parler librement,
Mais à parler en Prince, avec commandement.
94] Au contraire, dit-il, portez cette priere
A Charles, Mon Seigneur, (puis tout bas : et mon Pere)
De crainte que ma honte augmente ses ennuis*,
D'oublier ma naissance, et ce que je luy suis.

CHARLES

Ah ! comment l'oublier ? si méme dans mon ame
La Nature l'imprime avec un trait* de flame ?
Ah ! comment l'oublier ? si méme dans mon cœur
Avec un trait* de fer l'imprime ma rigueur ?
Triste rigueur, qu'en vain la Justice console !
O Ciel ! Mais continue ; il[18] m'ôte la parole.

---

18. Le Ciel, invoqué par Charles.

LEOPOLDE

Il la rend à Rodolfe : Et quant à l'autre poinct,
Oyez la verité, dit-il, qu'on ne sçait point :
Matilde est toute pure, et son honneur sans tache :
Dittes luy ce qu'il faut que tout le monde sçache,
Que le crime ne fut que dans ma volonté ;
J'en jure par mon sang, trop long temps arrété :
D'ardeur de le verser, il s'avance, il s'appréte ;
Et le fer, qui l'attend luy fait voler la téte ;
Qui cherche en bondissant et faisant plus d'un saut
Celle de Frederic au bout de l'échaffaut,
Pour se joindre en la mort aussi bien qu'en la vie.
Voila de quels effects* leur amour[19] fut suivie.
[95] Pour vôtre honneur sauvé, Madame, il est constant[20],
Frederic estant pris m'en avoit dit autant.

MATILDE

Dedans le sang d'un Prince, helas ! je suis lavée :
Par où vous le perdez, ma pudeur est sauvée,
Seigneur, qu'elle vous coûte, et qu'elle m'a coûté !

CHARLES

Pour montrer ma Justice, et vôtre honnéteté.

FERDINAND

Donc Matilde est sans tache ? ô Ciel ! ô Providence !
Des tenebres tu mets sa gloire en évidence :
Sans force, évanoüie, en un si grand besoin
Le Ciel la conserva*, le Ciel en prit le soin ;

---

19. *Amour* et *amitié* sont souvent synonymes dans la langue classique.

20. Indubitable, avéré.

Sauver sa pureté, la rendre manifeste
C'est un don, c'est un trait de la faveur celeste.
Achevez la, Seigneur, et vous joignant aux Cieux,
Qui semblent reserver un don si precieux
Donnez à mon amour qu'ils vous ont fait connaître
Ce que le Ciel me doit, ma Maîtresse, et mon Maître.

MATILDE

Je doy tout en effect à ses soins* diligents,
Et jamais reconnus, et toûjours obligeants.
[96] Juste aveu ! Mais faut-il, raison que je revere,
Estre ingrate, de peur de n'estre pas severe* ?
Ouy ; ces discours, honneur, ne sont pas de saison.

FERDINAND

Le Ciel me fait parler, l'honneur et la raison :
Le temps peut mettre tout dedans la bienseance.
Seigneur par mes respects, et par ma patience...

CHARLES

Je ne vous puis ouïr : aymez la seulement,
Et laissez moy pleurer ce fatal JUGEMENT.

SCENE V, et derniere.

CHARLES

Ah ! cruel JUGEMENT, où je perds ce que j'ayme !
Ah ! cruel JUGEMENT donné contre moy-méme !
Pery, meurs à ton tour, Pere dénaturé ;
Sacrifier un Fils ? Ciel, tu l'as enduré ?
[97] Et deffens à ma main mon propre sacrifice ?

Ah ! préte un coup de foudre, et rens luy cet office.
Quoy ? le Ciel, que j'invoque, ose me refuser ?
Il m'inspira mon crime, et semble l'excuser ?
Je m'accuse ; et dans moy sa voix me justifie ?
Il me declare juste où je me nomme impie ?
Contre moy, contre un crime où puis-je avoir recours,
Si le Ciel qui punit luy-mesme est mon secours ?
S'il flatte* ma fureur, appaise ma misere ?
O justice ! ô destin ! que vostre ordre est severe* !
Perdre un Fils ? vos decrets me porter à ce poinct ?
Ciel ! je l'ay fait ; j'en pleure, et ne m'en repens point.

FIN

LEXIQUE

Abord : n.m. Arrivée.

Admirer : v.t. « Considérer avec surprise, avec estonnement quelque chose d'extraordinaire. » (*Dictionnaire de l'Académie Françoise*).

Adresse : n.f. Emploi d'un moyen ingénieux destiné à tromper, ruse, fourberie.

Amant : n.m. « Qui aime d'amour en tout bien tout honneur une personne d'un autre sexe, et qui est généralement payé de retour. » (Furetière).

Appareil : n.m. « Apprest, préparatif. » (*Dictionnaire de l'Académie*).

Appas : n.m.pl. Attraits, charmes.

Assurance : n.f. Sûreté, sécurité.

Attentat : n.m. Acte commis au mépris des lois, de l'autorité établie.

Avancer : v.t. Mettre dans une situation plus avantageuse, plus élevée.
Servir, favoriser.
Hâter la réalisation de quelque chose.

Captiver : v.t. Faire ou tenir prisonnier.
Tenir assujetti, soumis à une loi.
Rendre amoureux.

Cavalier : n.m. Gentilhomme faisant profession des armes.

Chambre : n.f. « Membre d'un logis, partie d'un appartement. C'est ordinairement le lieu où on se couche, et où on reçoit compagnie. » (Furetière).

Charger : v.t. Accuser.

Cœur : n.m. « Signifie quelquefois, Vigueur, force, courage, intrépidité. »

« Se dit figurément en choses spirituelles et morales, et signifie l'ame, et ses principales fonctions (...) comme l'entendement, la volonté, la mémoire. »

« Se dit aussi des passions de l'ame. (...) Cet homme est à la joye de son cœur, au comble de ses désirs. »

« Se dit particulièrement de l'affection de l'amitié, de l'amour, de la tendresse. » (Furetière).

Complaisant : adj. « Civil, courtois, flatteur, qui tâche de plaire et de se conformer aux volontez d'autruy. » (Furetière).

Conclure : v.t. « Signifie encore, Arrester une chose, la resoudre, promettre de l'accomplir. » (Furetière).

Confondre : v.t. « Signifie aussi convaincre, fermer la bouche à son adversaire. »

« Se dit aussi de ceux qu'on surprend en quelque action honteuse. » (Furetière).

Connaître : v.t. Reconnaître.

Conserver : v.t. Sauver.

Contraire : adj. « Se dit aussi de tout ce qui offense, qui nuit, qui incommode. (...) Avoir la fortune *contraire*, quand elle ne vous favorise point. » (Furetière).

Corrompre : v.t. Ruiner, détruire, abîmer, endommager.

Couleur : n.f. (fig.) Apparence.

Course : n.f. Déroulement, cours.

Créance : n.f. Opinion, conviction.
Confiance.

Decevoir : v.t. Tromper.

Dépêcher : v.t. signifie aussi « Faire mourir », « depescher un criminel » (*Dictionnaire de l'Académie*).

Déplorable : adj. « Qui mérite d'estre pleuré, qui attriste. » (Furetière).

Diffamer : v.t. Deshonorer.

Diligence : n.f. Promptitude.

Eclater : v.t. Se manifester, apparaître ouvertement.

Effet : n.m. Acte, réalisation, exécution.
Succès, efficacité.
En effet : en réalité.

Effort : n.m. Effet, résultat important, haut fait.
Violence.
Atteinte, coups.

Emouvoir : v.t. Mettre en mouvement, agiter, troubler.

Ennui : n.m. Chagrin, tourment, désespoir.

Entreprise : n.f. « Violence, action injuste par laquelle on entreprend sur les biens, sur le droit d'autrui. » (*Dictionnaire de l'Académie*).

Environner : v.t. Assiéger.

Essai : n.m. Epreuve que l'on fait de quelque chose.

Etonner : v.t. « Causer à l'ame de l'émotion, soit par surprise, soit par admiration, soit par crainte. » (Furetière).

Etrange : adj. « Surprenant, rare, extraordinaire. » (Furetière).

Exorable : adj. « Qui se laisse vaincre et persuader par les raisons, les prieres ou la compassion. » (Furetière).

Feinte : n.f. « Desguisement, apparence, dissimulation. » (Furetière).
Coup destiné à tromper.

Flatter : v.t. Apaiser, adoucir.

Flatteur : adj. Qui berce d'illusion.

Foi : n.f. Fidélité à un engagement, loyauté.
Amour fidèle.
Promesse, serment, parole donnée.
Confiance.

Forcer : v.t. Surmonter, triompher de.
« Emporter quelque chose par effort ou violence. » (Furetière).

Front : n.m. Air, expression du visage.

Funeste : adj. Fatal, mortel.

Généreux : adj. « Qui a l'ame grande et noble, et qui prefere l'honneur à tout autre interest. » (Furetière).

Injure : n.f. Dommage, tort causé.
Injustice.

Insolence : n.f. Audace, violence. Le XVIIe siècle connaissait aussi le sens actuel de « effronterie, manque de respect ».

Intéresser : v.t. « Signifie aussi Attirer à son parti. Cette Republique a interessé tous les princes voisins dans la deffense. Beaucoup de gens *s'interessent* dans mon procès. »
Blesser, faire tort à.

Misérable : adj. Digne de pitié.
Digne de mépris.

Officieux : adj. Obligeant, serviable.

Oppresser : v.t. « Signifie figurément, Opprimer, imposer un joug rude, une servitude. » (Furetière).

Opprimer : « Fouler, vexer, tourmenter un inférieur, une personne foible, par autorité ou par violence. » (Furetière).

Peinture : n.f. Portrait.

Perdre : v.t. Faire périr.

Pitoyable : adj. Compatissant, charitable.

Pressant : adj. Accablant, angoissant.

Prétendre : v.t. « Signifie quelquefois, Vouloir, entendre. Si je vous fais ce plaisir, je *pretends* que vous m'en fassiez un autre. » (Furetière).

Prévenir : v.t. Devancer.

Prochain : adj. Proche, voisin.

Purger : v.t. « Se dit aussi en termes de Palais. On se *purge* par serment à l'Audience sur un fait dont il n'y a point de preuve. Cet accusé s'est enfin *purgé* de la calomnie. On l'a renvoyé absous. » (Furetière).

Rapt : n.m. « Enlèvement violent. » (Furetière).

Ravir : v.t. Enlever violemment de force (spécialement une femme, pour en abuser).

Récompense : n.f. Dédommagement, compensation.

Regarder : v.t. Avoir en considération, tenir compte de.

Remplir : v.t. Satisfaire, contenter.

Renoncer : v.t. Renier.

Ressentiment : n.m. Sentiment de douleur.

Séduire : v.t. Tromper, abuser de.

Sens : n.m. Jugement (faculté de juger).

Sévère : adj. Dur, cruel, impitoyable.

Soin : n.m. Souci.
(pluriel) Assiduités, marques de dévouement à la personne aimée.

Suivre : v.t. Imiter, copier.
Favoriser, se prêter à.

Surmonter : v.t. Vaincre, triompher de.

Train : n.m. Manière de se comporter, de vivre.

Trait : n.m. Projectile lancé à la main, avec un arc, une arme de jet.
(Fig.) Ce qui touche, qui blesse.

Travaux : n.m.pl. « Se dit au pluriel des actions, de la vie d'une personne, et particulièrement des gens héroïques. » (Furetière).
Labeur, fatigues, peines.

Vœux : n.m.pl. Appel amoureux, désir d'être aimé.

TABLE DES MATIÈRES

SOCIÉTÉ DES TEXTES FRANÇAIS MODERNES (S.T.F.M.)

[illegible]

Président d'honneur : M. Raymond Lebègue, Membre de l'Institut.

Membres d'honneur : [illegible] Isidore Silver, Robert Garapon.

BUREAU : [illegible] 1994

[illegible] : M. Roger Guichemerre.
[illegible] : M. [illegible] Blanc.
[illegible] Yvonne Bellenger.
[illegible] Jean Céard.
Secrétaire général : M. François Moureau.
[illegible] : M. Jean Balsamo.
[illegible] : M. Alain Lanavère.
[illegible] : Mlle Huguette Gilbert.

[illegible]

[illegible] DE LA SOCIÉTÉ DES TEXTES FRANÇAIS MODERNES

[illegible]

EXTRAIT DU CATALOGUE

(janvier 1995)

XVIe siècle

Poésie :

4. HÉROËT, *Œuvres poétiques* (F. Gohin)
5. SCÈVE, *Délie* (E. Parturier).
7-31. RONSARD, *Œuvres complètes* (P. Laumonier), 20 tomes.
32-39, 179-180. DU BELLAY, *Deffence et illustration. Œuvres poétiques françaises* (H. Chamard) *et latines* (Geneviève Demerson), 10 t. en 11 vol.
43-46. D'AUBIGNÉ, *Les Tragiques* (Garnier et Plattard), 4 t. en 1 vol.
141. TYARD, *Œuvres poétiques complètes* (J. Lapp.)
156-157. *La Polémique protestante contre Ronsard* (J. Pineaux), 2 vol.
158. BERTAUT, *Recueil de quelques vers amoureux* (L. Terreaux).
173-174, 193, 195, 202. DU BARTAS, *La Sepmaine* (Y. Bellenger), 2 t. en 1 vol. *La Seconde Semaine (1584),* I et II (Y. Bellenger *et alii*), 2 vol. *Les Suittes de la Seconde Semaine* (Y. Bellenger).
177. LA ROQUE, *Poésies* (G. Mathieu-Castellani).
194. LA GESSÉE, *Les Jeunesses* (G. Demerson et J.-Ph. Labrousse).
198. SAINT-GELAIS, *Œuvres poétiques françaises*, I (D. Stone).

Prose :

2-3. HERBERAY DES ESSARTS, *Amadis de Gaule (Premier Livre),* 2 vol. (H. Vaganay-Y. Giraud).
6. SÉBILLET, *Art poétique françois* (F. Gaiffe-F. Goyet).
150. NICOLAS DE TROYES, *Le Grand Parangon des Nouvelles nouvelles* (K. Kasprzyk).
163. BOAISTUAU, *Histoires tragiques* (R. Carr).
171. DES PERIERS, *Nouvelles Récréations et joyeux devis* (K. Kasprzyk).
175. *Le Disciple de Pantagruel* (G. Demerson et C. Lauvergnat-Gagnière).
183. D'AUBIGNÉ, *Sa Vie à ses enfants* (G. Schrenck).
186. *Chroniques gargantuines* (C. Lauvergnat-Gagnière, G. Demerson *et al.*).

Théâtre :

42. DES MASURES, *Tragédies saintes* (C. Comte).
122. *Les Ramonneurs* (A. Gill).
125. TURNÈBE, *Les Contens* (N. Spector).
149. LA TAILLE, *Saül le furieux. La Famine...* (E. Forsyth).
161. LA TAILLE, *Les Corrivaus* (D. Drysdall).
172. GRÉVIN, *Comédies* (E. Lapeyre).
184. LARIVEY, *Le Laquais* (M. Lazard et L. Zilli).

XVIIe siècle

Poésie :

54. RACAN, *Les Bergeries* (L. Arnould).
74-76. SCARRON, *Poésies diverses* (M. Cauchie), 3 vol.
78. BOILEAU-DESPRÉAUX, *Épistres* (A. Cahen).
123. RÉGNIER, *Œuvres complètes* (G. Raibaud).
151-152. VOITURE, *Poésies* (H. Lafay), 2 vol.
164-165. MALLEVILLE, *Œuvres poétiques* (R. Ortali), 2 vol.
187-188. LA CEPPÈDE, *Théorèmes* (Y. Quenot), 2 vol.

Prose :

64-65. GUEZ DE BALZAC, *Les premières lettres* (H. Bibas et K.T. Butler), 2 vol.
71-72. Abbé de PURE, *La Pretieuse* (E. Magne), 2 vol.
80. FONTENELLE, *Histoire des oracles* (L. Maigron).
132. FONTENELLE, *Entretiens sur la pluralité des mondes* (A. Calame).
135-140. SAINT-ÉVREMOND, *Lettres* et *Œuvres en prose* (R. Ternois), 6 vol.
142. FONTENELLE, *Nouveaux Dialogues des morts* (J. Dagen).
144-147 et 170. SAINT-AMANT, *Œuvres* (J. Bailbé et J. Lagny), 5 vol.
153-154. GUEZ DE BALZAC, *Les Entretiens* (1657) (B. Beugnot), 2 vol.
155. PERROT D'ABLANCOURT, *Lettres et préfaces critiques* (R. Zuber).
169. CYRANO DE BERGERAC, *L'Autre Monde ou les Estats et Empires de la Lune* (M. Alcover).
182. SCARRON, *Nouvelles tragi-comiques* (R. Guichemerre).
191. FOIGNY, *La Terre Australe connue* (P. Ronzeaud).
192-197. SEGRAIS, *Les Nouvelles françaises* (R. Guichemerre), 2 vol.
199. PRÉCHAC, *Contes moins contes que les autres*. Précédés de *L'Illustre Parisienne* (F. Gevrey).

Théâtre :

57. TRISTAN, *Les Plaintes d'Acante et autres œuvres* (J. Madeleine).
58. TRISTAN, *La Mariane. Tragédie* (J. Madeleine).
59. TRISTAN, *La Folie du Sage* (J. Madeleine).
60. TRISTAN, *La Mort de Sénèque, Tragédie* (J. Madeleine).
61. TRISTAN, *Le Parasite. Comédie* (J. Madeleine).
62. *Le Festin de pierre avant Molière* (G. Gendarme de Bévotte - R. Guichemerre).
73. CORNEILLE, *Le Cid* (G. Forestier et M. Cauchie).
121. CORNEILLE, *L'Illusion comique* (R. Garapon).
126. CORNEILLE, *La Place royale* (J.-C. Brunon).
128. DESMARETS DE SAINT-SORLIN, *Les Visionnaires* (H. G. Hall).
143. SCARRON, *Dom Japhet d'Arménie* (R. Garapon).
160. CORNEILLE, *Andromède* (C. Delmas).
166. L'ESTOILE, *L'Intrigue des filous* (R. Guichemerre).
167-168. *La Querelle de l'École des Femmes* (G. Mongrédien), 2 vol.

176. SCARRON, *L'Héritier ridicule* (R. Guichemerre).
178. BROSSE, *Les Songes des hommes esveillez* (G. Forestier).
181 et 190. DANCOURT, *Comédies* (A. Blanc), 2 vol.
185. POISSON, *Le Baron de la Crasse, L'Après-soupé des auberges* (Ch. Mazouer).
196. G. DE SCUDÉRY, *Le Prince déguisé. La Mort de César* (E. Dutertre, D. Moncond'Huy).
200. GHERARDI, *Le Théâtre italien,* I (Ch. Mazouer).

XVIIIe siècle.

80-81. P. BAYLE, *Pensées diverses sur la Comète.* (A. Prat, P. Rétat).
131. DIDEROT, *Éléments de physiologie* (J. Mayer).
162. DUCLOS, *Les Confessions du C[te]de N**** (L. Versini).
159. FLORIAN, *Nouvelles* (R. Godenne).
148. MABLY, *Des Droits et des devoirs du citoyen* (J.-L. Lecercle).
112. ROUSSEAU J.-J., *Les Rêveries du Promeneur solitaire* (J. Spink).
190. SEDAINE, *Le Philosophe sans le savoir* (R. Garapon).
87-88. VOLTAIRE, *Lettres philosophiques* (G. Lanson, A.M. Rousseau), 2 vol.
89-90. VOLTAIRE, *Zadig* (G. Ascoli), 2 vol.
91. VOLTAIRE, *Candide* (A. Morize).
201. MARMONTEL, *Bélisaire* (R. Granderoute).

XIXe siècle.

124. BALZAC, *Le Colonel Chabert* (P. Citron).
119-120. CHATEAUBRIAND, *Vie de Rancé* (F. Letessier), 2 vol.
129-130. CHATEAUBRIAND, *Voyage en Amérique* (R. Switzer), 2 vol.
127. MAUPASSANT, *Notre Cœur* (P. Cogny).
115-116 MICHELET, *La Sorcière* (L. Refort), 2 vol.
110. MUSSET, *Lorenzaccio* (et : *La Genèse de Lorenzaccio)* (P. Dimoff).
94-95. SENANCOUR, *Rêveries sur la nature primitive de l'homme* (J. Merlant et G. Saintville), 2 vol.

Collections complètes actuellement disponibles

43-46. D'AUBIGNÉ, *Les Tragiques,* 4 t. en 1 vol.
32-38 et 179-180. DU BELLAY, *Œuvres poétiques françaises* et *latines* et la *Deffence...,* 9 t. en 11 vol.
7-31. RONSARD, *Œuvres complètes,* 20 t.
144-147 et 170. SAINT-AMANT, *Œuvres,* 5 vol.
135-140. SAINT-ÉVREMOND, *Lettres* (2 vol.) et *Œuvres en prose* (4 vol.).

Photocomposé en Times de 10
et achevé d'imprimer en Novembre 1995
par l'Imprimerie de la Manutention à Mayenne
N° 388-95

tfsm